靈犬
萊西
Lassie Come-Home
艾瑞克・奈特◎著

前言

《靈犬萊西》原名Lassie Come-Home，是奈特唯一的兒童文學作品。事實上，剛開始他並無意寫這本書。在一九三八年時的奈特，將此書的前身——短篇故事刊載在「Saturday Evening Post」的週刊上。之後，在友人的建議下，才開始寫以小孩爲對象的長篇兒童文學，即本書《靈犬萊西》（一九四〇年）。

不過，奈特爲什麼會寫有關狗的故事呢？

那時，奈特養了一隻名爲「得」的長毛母牧羊犬（**只要讀過本書的人都會發現，奈特將自己的愛犬名字也運用在故事中了呢！**）有一次，在旅行途中「得」走失了。奈特夫妻爲此還在報紙上登了尋犬廣告，誓死也要找到牠，但是卻遍尋不著。但在經過了一個多月，「得」竟然自己回到主人的身邊。非常非常喜愛狗的奈特，也被愛犬的行爲給感動不已。而「本書所描寫的便是，孤獨一個人旅行歸來的『得』的故事」。

《靈犬萊西》一出版便獲得讀者們非常大的回響與好評。於是便有人建議拍成電影，而於一九四三年由米高梅電影公司公開放映，此時飾演萊西的牧羊犬也紅遍一時。而奈特也被飾演萊西的這隻名犬（**事實上，因找不到適合的母犬，便以公犬代替**）的魅力所震攝住，於是，他事先向狗主人預約了此名犬的後代小狗，但直到他死時，這願望都沒實現。

而從那以後，靈犬萊西便有了一定的形象。至於「萊西」的來源則是由母犬（lass）語尾ie的膩稱而來。它的意思是「少女、女孩」，事實上是個很單純的名子。雖然說如此，但今後只要以牧羊犬爲主角的電影電視連續劇，都會將狗命名爲「萊西」。不過，許多電影影集是原著作的翻版，而一九五〇年代末期到一九六〇年代初期，上映的電視影集「靈犬萊西」便是以原著爲雛形而完成的。《靈犬萊西》雖然不是這類作品的始祖，但是直至今日，它仍是動物文學中的翹楚，且一直受到小孩、大人的喜愛。

此故事是由山姆・卡瑞克勞夫一家人不得不賣掉萊西爲開場白。小說時代是第一次世界大戰和第二次世界大戰之間，大約是一九三〇年代前半期左右。這時因一九二九年所引發的經濟大恐慌，使得世界陷入經濟危機中。各國的經濟和產業都受到極大的衝擊，世界失業人口不斷地增加。那時的情景是現在的我們所無法想像的。在那時整個村子的人都失業，而且到處都找不到工作。

雖然萊西被賣掉了，但是在萊西的心裡，山姆・卡瑞克勞夫一家人才是牠的主人，而山姆・卡瑞克勞夫的獨子喬伊，也一直無法忘記萊西。於是故事便從這隻狗和少年間的感情而逐

漸縱向展開來。然後再延伸到他們四周的人，如山姆・卡瑞克勞夫、買萊西的魯德林公爵和他的孫女普莉西拉。他們每一個人的個性都很鮮明，充滿魅力，當然這便成了一部引人入勝的故事了。

至於，此故事的橫向描寫是約克郡和蘇格蘭的自然風土民情及在那裡生活的人們——另外還有萊西之旅中所碰到的人。當然這些人也都有其目的地及他們的人生和生活。當然也有對萊西有壞心眼的人，及幫助萊西的人，總而言之，這些人都不富裕，但卻都很努力地謀生。這些小人物的種種插曲，我們都可在奈特的短篇小說中找到脈絡可尋。

作者奈特雖然移民去美國，但至死都認爲自己是約克郡的人，他愛約克郡、他愛約克郡的方言、他愛傳承有約克郡氣質的平民（如喬的父親山姆・卡瑞克勞夫）。因此我覺得此書並不只是很棒的狗故事書，它應該也是一本描繪人類很棒的書。

而就狗故事而言，本書的優點又是什麼呢？關於牧羊犬和萊西的種種事項，本文已做了詳盡的介紹，所以在這裡就不再加以探討。而在此，我所要講的是，作者如果不是一位真心愛狗，熟知狗生態的人，是絕對寫不出《靈犬萊西》的。奈特在此長篇小說中，儘可能地避免將萊西擬人化。「萊西是狗。所以不應該將牠視爲人」。因此作者必須非常仔細地視察狗的心理、狗的行動，才能正確地描繪出狗的反應，也才能真實地描繪出萊西的奇蹟般之旅。

還有萊西回家的本能，在生物學稱之爲歸巢本能。其他如候鳥一定會回到她某個繁殖地，而這就是歸巢本能。不過要想回家，不可思議的神奇方向感也是不可欠缺的。至於牠們爲什麼能知道巢的所在地和方位這點，至今在生物學上仍是一大謎題。學者們不斷地從各方面來研究此問題，不斷地去推衍其各種可能的論調，但至今仍無法完全地加以解答。

不只是鳥類，其他動物也是具有這些本能。狗或貓從很遙遠的地方找到回家的路等這類的事情，我們時有所聞。現在我們就來介紹一隻名爲「波畢」的狗的故事。這是發生在一九二四年美國的真實事情。奈特雖然因愛犬「得」的事件而得到啓示，寫了《靈犬萊西》這本書，但在一九二四年從事報館工作，而且非常愛狗的奈特應該也聽說過波畢的故事。……

波畢是一隻公的牧羊犬，他是在美國西部奧勒岡州從事餐館生意，名爲布雷沙的人所養的狗。一九二三年八月，布雷沙夫婦帶著波畢，開著車到印第安那州的親戚家。但在八月十五日那天，波畢卻在印第安那州的渥魯克德鎮走失了。布雷沙夫婦開著車到處地找，找遍了整個鎮，同時他們還登了尋狗啓示，但數日過去了，卻一點消息也沒有，所以他們只有黯然神傷地回奧勒岡。但是在經過半年後，即隔年的二月十五日，一隻瘦弱的狗來到了布雷沙夫婦的餐廳，而牠就是波畢，回來的數日後，波畢吃飽，休息夠了後，體力也逐漸恢復了。

此事蹟也逐漸地在美國各地流傳開來，而愛護動物協會和新聞記者也都著手調查發展。同時，他們也著手調查在波畢回家旅途中所碰到的人，結果也有幾位目擊者出來現身說法。波畢在幼犬時因曾受過傷、所以眼睛上面仍殘留有傷痕，另外其前面牙齒也缺了三顆，所以很容易

辨識。其中也有不少人向這隻受傷又飢餓的牧羊犬伸出援手帶回家飼養，而波畢在稍微恢復體力後，又會離開繼續往牠的目標邁進。另外從目擊者的話語我們得知，波畢從印第安那州回到奧勒岡州的自己家中，總共走了大約四千八百公里的路。途中還需渡河，越過正值嚴冬的落磯山脈。

但我們不能因此便以偏概全，認爲只有名種狗才具有這種特性。這些特性並不僅限於血統優良及生活優渥的名種犬中。舉例來說，如果你養了一隻血統優良的牧羊犬，但卻很少讓牠運動的話**（大型犬是必需長時間散步的）**，即使其再可愛再溫馴，也會因需求不能滿足而使得情緒無法安定，所以給予其適度的照顧，才能讓狗兒不會遭遇那種不幸。反之，即使是雜種狗，只要你付出愛心照顧牠，牠也不會輸給名種狗，牠一定會回報你對牠的愛心。所以請務必了解，再好的狗血統，也比不上狗主人對牠的愛心及站在狗立場上來照顧牠！

Contents

Contents

獻給
哈利・傑瑞特博士
——一位狗的知音人士

第一章　拒絕出售

在格林諾橋，山姆・卡瑞克勞夫家的萊西可以說是無人不知、無人不曉。事實上，牠等於是村子裏最出名的狗，而其原因有三——

第一個理由是，村子裏幾乎人人公認萊西是他們平生所見最純正優美的卡利犬（**蘇格蘭長毛牧羊犬**）。

這委實是項難得的美譽；因爲格林諾橋地屬約克郡內。而放眼世界，沒有一個地方的狗兒能與此地分庭抗禮。在淒風苦雨的英格蘭北部，狗兒似乎長得比任何地方都健旺。冷冽的風雨終日掃蕩一無屏障的曠野，促使牠們的毛皮長得格外豐厚，體格也恰似當地居民一般紮實強健。

這裏的人愛狗也善於養狗。在這全英最大州郡內的無數採礦小村中，走進任何一個村莊，你都可以看見許許多多成天跟在卑微工人們腳跟旁打轉的狗兒。他們的血統之精純、行動之優雅，足以讓來自世界各角落那些環境優渥的狗迷們大爲眼紅。

格林諾橋也和其他約克郡村莊一樣，村民們識狗、懂狗，而且愛狗，村子裏也有許多無可挑剔的好狗在人們身邊跟前跟後。然而大家卻一致公認，在格林諾橋小村內，再也沒有一條狗能比山姆・卡瑞克勞夫的三色雜紋卡利犬更出色；就算有，也必定是早在他們上輩子以前的事了。

而萊西名氣之所以如此響亮，還有另外一個原因——正如村莊內婦女們所說的：

「人們可以依賴牠來調整時鐘。」

這句話早在好幾年前就已口耳相傳。當時萊西還只不過是條活蹦亂跳的周歲幼犬；一天，山姆・卡瑞克勞夫的兒子一臉興奮地回到家來：

「媽！妳猜，今天我放學時看到誰在校門口等我？是萊西耶！您說牠怎麼會知道我人在哪兒呢？」

「喬伊，牠一定是一路嗅著你的味道找去的。我想這是唯一的可能。」

無論是否如此，總之，第二天萊西又到校門口等候，第三天還是一樣。幾個星期、幾個月、甚至幾年過去了，情形絲毫沒有改變。每天在自家小屋窗口眺望的婦人、或者站在大馬路旁自營商店門口的店主總會看到這條披著一身傲人的黑、白、亮褐色毛皮的狗兒，踩著勻稱的步伐慢跑經過，這時他們就會說：

「一定是四點差五分——瞧，萊西來啦！」

不分晴雨，這條狗兒天天到校門口等候一個男孩——一個夾在數十名學童間大步衝過水泥操場的男孩——而那狗兒在乎的卻只有他一個。每當牠見著了小男孩，總是搖頭擺尾、開心地輕吠著迎上前去，男孩也歡天喜地地跑過來和牠相偕回家，四年如一日從未更改。

萊西平日深受村民喜愛。村子裏幾乎人人認識牠。但最主要的卻是因爲萊西代表著某種不是三言兩語可以解釋清楚的意義，令格林諾橋鄉親們深深引以爲傲。而這份驕傲則和金錢有關。

大體上，一旦某人養了一條特別出色的狗兒，總有一天牠的身分將不再只是條狗，而是一隻値錢的四腿動物。當然啦，牠依然是狗，然而除此之外，牠還有別的價值。因爲牠的聲名十之八九會傳入某個富豪耳裏，再不然就是牠的風采被某個精明的狗販或狗舍主人瞧見，於是他們便會存著買下牠的心。有錢人也可能像窮人家一樣發自內心地疼愛狗兒，這一點貧富之間並無差距，不同的是在雙方看待金錢態度上的必然歧異。因爲窮人勢必得心情沈重地盤算一下那個冬天他要燒多少煤炭、準備多少雙鞋、還有孩子們該吃多少食物才能長得強壯——如此一算，他只好回到家裏宣布：

「得了，別怪我；我不得不這麼做！遲早我們會再養條狗，到時你們都會像愛這條狗一樣愛牠。」

就這樣，許多優秀的狗兒告別了牠們在格林諾橋的家。但萊西沒有！

啊！全村子裏的人都曉得，就連魯德林公爵——那位住在離村莊一哩外的豪華大宅、幾座狗舍裏養滿高貴名犬的魯德林公爵——也無法從山姆・卡瑞克勞夫手中買走萊西。

這三年來，公爵一直試圖從山姆・卡瑞克勞夫手中買下萊西，但山姆始終堅時立場。

「閣下，你再抬價也是白費。」他一概回拒：「總之——總之，出再多的錢我們也不會賣掉牠。」

這件事村子裏人盡皆知，也因此萊西在牠們心目中顯得更加不同凡響：牠意味著某種金錢也無法從他們身邊奪走的驕傲。

然而，狗兒們畢竟是由人類所擁有，而人們卻又總是受命運所脅迫。有時候，人的一生之中難免要遇上一次被命運打敗、不得不向它低頭、斷然嚥下自己的自尊以便謀求家人溫飽的時刻。

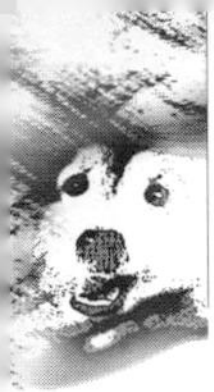

第二章　我再也不要別的狗

狗兒沒來！喬伊・卡瑞克勞夫只曉得狗兒沒來。

就像人們在世界各地、所有學校看到的光景一樣，那天剛一放學，他就和同學們興高采列地衝出校園。千百個日子以來累積而成的習慣，促使他幾乎是發自本能地跑到萊西每天等候的大門口。而牠竟不見蹤影！

容貌堅毅可愛的喬伊・卡瑞克勞夫站在那裏，棕色眼眸上方朗朗的前額皺起橫紋，試圖推敲萊西缺席的原因。一開始，他根本無法認同心中意識到的答案。

他沿著街道來回細尋。也許是萊西遲到啦！然而他心中明白絕不是這個原因。因爲人獸有別；人類有鐘有錶，卻仍舊動輒「慢了五分鐘」。動物不需要儀器來告訴牠們時間；牠們體內自有某種比鐘錶更加精準的東西：它叫「時間感」——而且從不失誤——篤定而真確地瞭解何時該執行生活中的某條慣例。

喬伊・卡瑞克勞夫明白這一點。他時常和父親討論這個問題，向他請教萊西怎麼會曉得去校門口的時間到了。萊西不可能遲到的。

喬伊・卡瑞克勞夫站在初夏的陽光下想著這件事，驀然腦中閃過一個念頭：

也許牠被車撞了！

儘管這念頭令他一陣心慌，他還是立刻甩開這憂懼，萊西訓練有素，絕不可能粗心地滿街溜躂。牠總是高雅而確實地沿著村子裏的人行道走，一步也不會踏錯，更何況，格林諾橋附近根本就難得見到任何交通工具。主要的一條汽車通路是沿著一哩之外的河谷而建，再走遠些，到達平坦的荒原一帶就只剩幾條狹窄的步徑了。

也許萊西被偷走啦！

然而這種可能還是微乎其微。除非有卡瑞克勞夫家的成員在場命令牠乖乖聽話，否則誰也休想碰到萊西一下。再說，方圓數哩之內大家都認得牠，諒誰也沒有膽子敢把牠偷走。

可是牠會上哪兒去呢？

喬伊・卡瑞克勞夫解開問題的方式和世上成千上萬男孩沒有兩樣——他跑回家告訴媽媽。

喬伊沿著大街竭力狂奔，經過大道上的商家前、通過村莊街上山腳下的小路、由小路穿過一道院門、沿著花園小徑衝過小屋門，大叫：

「媽？媽——萊西出事了！牠沒去接我！」

喬伊話才說完就知道不對勁。屋裏的人既沒有急得跳起來問出了什麼事，似乎也不擔心他們的狗兒會遇上什麼可怕的事情。

喬伊注意到這一點。他背貼著門站著；等待。媽媽站在餐桌旁雙眼低垂、擺設飯菜，突然間停止動作，定睛望著她的先生。

喬伊的父親坐在壁爐前，扭頭望著兒子。見到太太的目光，又一語不發，緩緩地轉回頭注視著爐火。

「怎麼了，媽？」喬伊失聲號叫：「出了什麼事？」

卡瑞克勞夫太太慢騰騰地擺好一個餐盤，然後彷彿對著空氣說話般，說：

「也罷，總得有個人告訴他。」

眼看先生毫無動靜，她又扭頭對兒子說：

「喬伊，你最好儘早明白，以後萊西不會再到學校等你了，哭也無濟於事。」

「爲什麼？牠出了什麼事？」

卡瑞克勞夫太太走到壁爐前，擱下水壺，面對火爐說：

「因爲牠被賣掉了，所以不會再去等你。」

「賣掉！」男孩揚起聲調：「你們爲什麼賣掉牠——萊西——爲什麼賣掉牠？」

媽媽生氣地扭頭說：

「現在牠已經被賣掉、帶走、成定局啦，所以什麼也不要再問，問也改變不了什麼。牠離開了，木已成舟，以後誰也不要再提起這件事。」

「可是媽……」

男孩困惑地放聲大哭，母親喝阻他：

「夠了！過來吃你的晚餐！快！坐下！」

男孩乖乖地走到自己的座位旁。母親回頭招呼壁爐前的丈夫——

「來吧，山姆，吃東西。雖然——天曉得這麼點兒東西怎麼配茶……」

這時，她的丈夫猛然怒氣沖沖地站起身來，她也就噤口不語。山姆•卡瑞克勞夫一語不發地踱到門口，取下一頂掛在掛釘上的帽子走出門去，重重關上身後的門，剎時間整座小屋裏肅靜無聲。不久，屋內揚起主婦的叱責：

「哼，瞧你做的好事！把你父親惹火了，我看你這下痛快了吧。」

她沒精打睬地坐到自己座位上瞅著桌面，整座小屋陷入一片漫長的寂靜。喬伊知道媽媽把事情怪到自己的頭上並不公平，但他也明白，那是母親掩飾自己內心傷痛的方式。她的叱責也是出於同樣的理由；這幾個村落的人們無一不是如此。他們是剛毅頑強的粗人，過慣了粗暴艱辛的生活。每當發生任何讓自己感動或感傷的事，他們總是要竭力掩飾。婦女們藉著嘮叨、叱責來遮掩創痕，滿嘴全是無心之言。

沈默過後……

第二章　我再也不要別的狗

「來，喬伊快吃！」
媽媽的語氣變得耐心又溫柔。
男孩盯著自己的餐盤，沒有動它。
「快啊，喬伊，吃了你的麵包；我今天才烤的。你不想嚐嚐嗎？」
男孩的頭垂得更低了。
「我什麼也不想吃。」他喃喃地說。
「噢，狗，狗，狗！」母親發火了，嗓門又大起來。「這一大堆麻煩全是爲了一條狗。好吧，告訴你，我很高興萊西離開了；真的。照顧一條狗和照顧一個小孩一樣麻煩！現在牠走啦！麻煩結束啦，我很高興——很高興，很高興！」
豐滿的卡瑞克勞太太抖動一身子肉，抽抽答答，隨後掏出圍裙口袋裏的手帕揩揩鼻子。最後，她注視著仍舊坐在原位不動的兒子，慈愛而耐心地喚著：
「來，喬伊。」
男孩起身站到母親身旁，她用胖胖的手臂摟著他，扭頭望著火爐說：
「聽著，喬伊，轉眼你就是個大孩子了，你能夠明白。你知道——呃，你知道近來家裏事事不順；你曉得原因。我們必須有菜可吃、必須付房租，而——而萊西值很多錢——呃，我們養不起牠了；事實如此。現在年頭不好，你不該——你不該惹你父親心煩。遇上這種情形，他心情已經煩透了——再說——算了，沒什麼。總之牠離開了。」

即使只是一個十二歲大的格林諾橋村童，站在母親身旁的小喬伊・卡瑞克勞夫也已經瞭解到「年頭不好」是怎麼一回事。

就孩童們記憶所及，多年來，他們的父親一直在村子外的威靈頓煤礦坑工作。他們帶著簡便的餐盒和採礦燈上下工，努力開採豐富的煤炭上來。後來環境變得困乏，礦坑裏只採得出煤渣，人們的收入也相對少得多。偶而工作有了進展，礦工們便全天在外幹活。

當時大家都過得開開心心。並不是說人們生活優渥；不過至少那是一種勇往直前、家庭和樂的生活，只要餐桌上有家常便飯擺，日子也就很過得去了。

幾個月前礦坑徹底封閉，坑道頂端的巨輪不再旋轉，換班時刻也不再見到礦工們魚貫出入煤礦場。相反的，他們跑到職業介紹所去報名，站在介紹所的一隅枯等工作機會。只是工作機會一直沒上門。看來他們是置身於報紙那些所謂的「停工區」之內——也就是境內所有工業活動全部停擺的地帶。全村子的人都在失業狀態，通通賺錢無門，只有政府每週發下的「救濟金」可以讓他們勉強維生。

喬伊瞭解這一切，他聽過村民們的議論，見過在職業介紹所苦等的人，知道父親不再上工了。他也曉得父母從不當著他的面提起這件事——他們以自己笨拙而慈愛的方式，盡全力避免生活的重擔同時落在他幼弱的肩頭上。

雖然他的腦子裏明明白白告訴他這些事，心裏卻仍免不了強烈渴望萊西歸來；但他並沒有說出口，只是鎮定地站在那兒，提出一個問題：

「媽，將來我們能不能再把牠買回來？」

「唉！喬伊，牠是一條非常珍貴的狗兒，我們根本買不起。不過將來我們一定會再養別的狗。耐心等著，時機總會好轉，到時候我們再養條小狗，你說好不好？」

喬伊．卡瑞克勞夫垂著頭緩緩搖著，語焉不詳地呢喃：

「我再也不要別的狗了。永遠不！我只要——萊西！」

第三章　暴躁老人

魯德林公爵怒眼圓睜地站在石南圍籬邊瞪著四周，再一度拉高嗓門。

「海恩斯！」他怒吼：「海恩斯！這傢伙跑哪兒去啦？海恩斯！」

此時此刻，瞧著公爵那面紅耳赤、白髮蓬亂的德行，的確非常符合人們對他的評價：全約克郡三個行政區脾氣最壞的老頭子。

無論他是否名符其實，至少可以確定的是：那壞名聲是他的言語和舉止換來的。

或許有部分得歸咎於公爵超乎平常的重聽。由於重聽，每當他對人說話時，總會像早年號令大隊行軍人馬般如雷貫耳。另外，他還隨身攜帶一根用刺李莖幹製成的手杖，動不動就東揮西舞，用來鄭重強調他過份強調的語句。最後，他對世界的無可奈何也是造成他脾氣暴躁的原因。

因爲公爵抱持著一個堅定的信念，那就是：正如他常掛嘴上的，世界「快完蛋啦！」如今萬事萬物都比不上他年輕時代：馬兒跑得不如從前那樣快，青年不如從前那樣勇敢豪邁，婦女長得沒那樣漂亮，花兒開得沒那麼好，至於狗嘛——如果說世上還有過得去的狗兒，那也是因爲他們是由他本人的狗舍培育出來的。

根據公爵說法，如今人們就連說英語也比不得他年輕時代那般字正腔圓了。他堅信自己之所以時常誤聽並不是因爲耳背，而是因爲現代人說起話來沒頭沒尾、含糊不清，再也不比當年他年輕時那樣清晰標準。

至於說到後生晚輩；哈！公爵準能——而且常會——針對所有二十世紀出生之輩的百無一用滔滔不絕數落上幾個鐘頭。

最後這一點頗爲耐人尋味。因爲在所有親戚人當中，公爵唯一能夠忍受（而對方似乎也能忍受得了公爵）的正是家裏最年幼的成員——十二歲的孫女普莉希拉。像現在，他站在石南圍籬旁揮著手杖大吼大叫，就是普莉希拉跑過來幫的忙。

普莉希拉閃過公爵瑟瑟狂舞的手杖來到身邊，扯扯他那蘇格蘭粗呢大衣的口袋。公爵吹鬍子瞪眼地扭過頭來。

「噢，是妳！」他大聲咆哮：「真是奇蹟，終於有人過來啦！天曉得這世界會變成什麼樣子。佣人們全不管用，個個重聽耳聾！這地方就快完蛋啦！」

「胡說！」普莉希拉說。

這女孩實在是個非常從容嫻雅的小淑女。在和爺爺不斷接觸中，她已成長到會將祖孫倆視為同儕——兩個都是大孩子，再不然就是兩個都是還很稚氣的大人。

「什麼？」公爵彎下腰對著她大吼：「大聲說！不要嘀嘀咕咕的！」

普莉希拉拘著他的頭往下拉，以使湊近他耳邊說話。

「我說——你胡說！」

「胡說？」公爵暴吼一聲，低頭瞅著她，突然爆出一陣震耳欲聾的大笑。關於普莉希拉，公爵自有一套異於常人的推理方式。根據這套邏輯，他深信如果說普莉希拉膽子大到敢跟他回嘴的話，這份膽識必定是遺傳自他。

因此公爵俯視著小孫女時，脾氣變得好多了。他捋捋他的白髯——這把鬍子可比當今男士們費心蓄的鬍鬚漂亮、神氣嘍——

「呀，妳來得正好，」公爵扯著大嗓門：「我要妳看看一條新買的狗。牠棒極啦！很漂亮！我這輩子還沒見過這麼完美的卡利犬。」

「牠一定沒古早時候的卡利犬那麼好，對吧？」普莉希拉問。

「別嘀嘀咕咕的，」公爵吼著：「我一個字也沒聽見。」

其實他聽得一清二楚，卻故意不理會，接口又說：「為牠費了三年的心，我就知道準能把牠弄到手。」

「三年！」普莉希拉尖叫，她知道爺爺心裏希望她做何表示。

「沒錯，三年！哈，他自以爲佔得了我上風，結果還是輸啦。三年前我出價十鎊他不肯賣。兩年前追加到十二鎊還不賣。去年我加到十五鎊，並告訴他這已經是上限——我是說真的。不過他可不這麼想，拖拖拉拉又過了六週，這才在上禮拜通知我說他願意接受。」

公爵說得洋洋得意，普莉希拉卻搖著頭問：「您怎麼知道他們沒替牠動手腳？」

普莉希拉這問題問得很正常。因爲老實說，約克郡人不只是擅長養狗出了名，也時時會被認爲有過度運用這項技術的嫌疑。他們常以不正當的秘密手法掩飾狗兒的毛病：也許是修飾一下歪歪扭扭的耳型，也許是處理一下造型不佳的尾巴，如此一來，這些缺點在好長一段時間內幾乎都不會露出破綻，而不知情的買主就在這段時間內掏腰包將狗買回家了。這些矯飾、技倆就是人們所謂的「動手腳」。而在買狗賣狗這一行裏！——一如買賣馬匹——有條不成文的規矩，就是貨物出門，概不退換——全得靠買主放精明些嘍！

但公爵聽完普莉希拉的問題後，卻只是吼得更大聲：

「我怎麼知道牠沒被動手腳？因爲我也是約克郡人啊。他們懂的把戲我全懂，甚至更精，我保證。」

「不！牠是條絲毫未經矯飾的母狗。更何況我是從那個叫什麼——卡瑞克勞夫來著的人手中買下牠的。這個人我太瞭解了，他絕不敢對我玩那種手段。打死也不敢！」

公爵彷彿打心裏拒絕相信有人吃了熊心豹子膽，敢在他面前耍任何技倆似的猛力揮舞他的手杖。祖孫倆相偕沿著小徑來到狗舍旁，在鐵絲網前停下腳步，隔著網子瞧關在裏面的狗兒。

普莉希拉看到的是一條黑、白、金褐三色雜紋、趴在地上的大型狗。牠的頭趴在兩隻前腳的腳掌上，高貴的頭型配著優雅的深色長毛，清晰地烘托出膨鬆的雪白頸毛與胸毛。

公爵嘴裏：「咋！咋！咋！」地向狗兒打招呼，而牠卻只是聳聳耳扇、不理不睬，趴在地上，兩隻眼睛瞧也不瞧站在鐵絲網外的祖孫倆。

普莉希拉彎下腰，拍著手活潑地呼喚：

「來，卡利！來這兒！來見見我！卡利！」

那狗兒兩隻棕色的大眼朝女孩這邊望了望，深褐的眼珠中似乎充滿了憂愁悲傷，然後立刻移開視線，茫茫然望著原來的方向。

普莉希拉站挺身子：

「爺爺，牠看起來不太對勁啊！」

「胡說！」公爵大吼：「牠好得很。海恩斯！海恩斯！那傢伙到底躲兒去啦？海恩斯！」

「來啦，先生，這就來了！」

狗舍負責人帶著濃濃鼻音的尖銳嗓音自狗舍後傳來，不一會兒人也匆匆忙忙趕到眼前。

「來了，先生！您叫我嗎，先生？」

「當然是我叫你。你聾了嗎？海恩斯，這條狗是怎麼回事？牠看起來好像健康不佳。」

「哦，先生，牠是隻可憐的大胃王。」海恩斯趕緊說明：「我看牠準是被寵壞了。這些茅屋田舍裏的狗總是這樣子，餵得飽飽的，賣入富貴人家。不過我會負責照料牠復原，要不了幾天牠就會依狗舍的規矩進食了，先生。」

「好吧，多多注意牠，海恩斯！」公爵大叫：「務必多注意那條狗。」

「遵命，先生。我會的，先生。」海恩斯必恭必敬地回答。

「最好如此。」伯爵說著嘀嘀咕咕地走了。他心裏多少有點失望；原本他是想讓普莉希拉看看他新買來的好東西，結果她看到的卻是條叫人看輕的狗。

他聽到她在說話。

「妳說什麼？」

她仰起頭：

「我說，那人爲什麼要把他的狗賣給你？」

公爵暫停腳步，搔搔耳背，說：

「呃——大概他知道這價格已經是我的上限了吧。我告訴他絕不會再多出一分錢，而他想必是終於想清楚我是說真的，所以就成交啦。」

就在這對祖孫往回走向古老大屋的同時，狗舍負責人海恩斯也立刻回頭望著大狗。

「我要先看著你吃東西再走。」他說：「就算迫不得已得把食物灌進你喉嚨裏，我也要看著你進食。」

狗兒對他的話毫無反應，只是眨眨雙眼，彷彿根本不把鐵絲網外的海恩斯放在眼裏。

等他走後，牠依舊動也不動地伏在地上，直到日影漸拉漸長，這才侷促地站起身來，仰起頭吸嗅徐徐的微風。大概是沒有嗅到內心渴望的氣味，牠輕聲地哈哈低吠，開始在鐵絲網前一遍又一遍地來回緩踱。

牠是一條狗，不會像我們那樣順著可以口述筆記的思緒理念來思考。在牠的體內心頭，只有一股朦朧中逐漸萌生的渴望。這股渴望只是隱約浮現，漸漸地，它卻愈來愈清晰。存在於體內的時間感，驅策著牠的腦袋與肌肉。

突然間，萊西知道牠想要的是什麼。現在——牠知道了。

第四章　萊西返家

當喬伊・卡瑞克勞夫下了課、走出校門時，他簡直無法相信自己的眼睛。他呆站了一、兩秒，驀然尖聲大叫：「萊西！萊西！」

他衝到牠的狗兒眼前，在狂歡中屈膝跪在牠身旁，雙手緊緊摟著牠，把臉埋在牠濃密的頸毛裏，輕輕撫摸牠的腰側。

不久他又站起身來，興奮欲狂地手舞足蹈。這男孩的表現和那狗兒之間恰成強烈的對比。小男孩是高興得喜不自勝，而狗兒卻是泰然自若地坐在原地，只有從牠那尖兒上一撮白毛的尾巴不斷的搖動中，看得出牠很高興見到他，那神態彷彿在說：

「有什麼好激動成這樣子的？我本來就該來，現在到了，如此而已。所以你何必這樣大驚小怪呢？」

「來吧，萊西！」

男孩喊著轉身沿街飛奔。一剛開始他壓根兒沒去推究萊西爲什麼會在校門口，等這疑問湧上腦際，他又立即將它甩開。

何必懷疑這天大好事是怎麼來的呢？只要它確實發生就夠了。但他的心靈卻無法就這麼維持平靜，於是他又找理由平息思緒。是爸爸把狗兒買回來的嗎？或許是哩！

他衝下大街。這時萊西大概也感染了他的熱力，陪著他一路飛躍、狂奔，時而高興地高聲吠叫。就像所有卡利犬在興奮時那樣，萊西的嘴張得好開好開，每當卡利狗主們看見愛犬張開大嘴，總要發誓狗兒們開心時也會大笑哩。

喬伊一路飛奔到職業介紹所前才放慢腳步，這時他聽到有人大喊：

「喂，孩子，你哪裏找回那條狗的？」

那人的腔調是當地最普遍的約克郡腔，喬伊也用同樣的腔調回答。因為，雖然時下孩子們在校園裏都講「純正」的英語，人們仍然認為回答大人的問話時，要用他們習慣的腔調才禮貌。

「牠在校門口等我。」喬伊嚷著。

答完話後他才曉得事實的真相——父親並沒有把狗買回來，否則大夥兒一定早就知道這件事了。在像格林諾橋這樣的小村莊中，村民們彼此對每一個人的事都瞭若指掌，而在這個獨一無二的村子裏，像萊西轉賣這一等一的大事更是絕對會無人不知、無人不曉。

萊西逃跑了！一定是的！

於是小喬伊・卡瑞克勞大再也無法開心奔跑了。他折入通向家園的山麓街道，拖著腳步一步一步緩步徐行。到了門口，他黯然回頭吩咐狗兒：

「跟著我，萊西。」

他鎖著雙眉站在門外苦思，然後裝作面無表情地開門進屋。

「媽，」他招呼：「我有個驚奇要宣布。」

他朝她伸長雙手，彷彿這姿勢能夠協助他得到內心最渴望的事物。

「萊西回來了。」男孩說。

母親茫然注視著他，坐在爐邊的父親也仰起頭來。這時，男孩一腳跨入室內，看見他們的視線移轉到乖乖跟在他背後的萊西身上。他們瞅著牠，一句話也沒有說。

那狗兒似乎能理解這沈默的含意，停了停腳步，這才像所有狗兒們覺得自己做錯事——雖然不知做錯了什麼——時一樣，垂著頭往前走。牠走到爐前地氈上，搖著尾巴，彷彿在表明無論自己犯了什麼罪行，牠都願意彌補這個過錯。

然而牠的認罪似乎沒有得到寬宥。因爲男主人突然別開頭、凝視爐火，把牠完全摒除在視線外。

狗兒慢吞吞地蜷縮身子，伏在地氈上，用牠的身體碰觸主人的腳，主人卻把腳縮開，狗兒把頭枕在腳掌上，像主人一樣，凝視著爐火深處，彷彿在那一片金燦燦的幻境中蘊藏著一個足以解開他們所有煩憂的答案。

最先有動靜的是家中的主婦。她雙手扠腰，吐出一聲清晰可聞的長歎——一聲滿含激憤的喟歎。喬伊注視著她，試圖用他那滿含希望的開朗語氣，軟化雙親的鐵石心腸。

「今天我剛走出學校，就看見牠在那兒；在往常見到牠的地方；在校門口等著我。那種見了人的興奮之狀沒人能比。牠對著我猛搖尾巴；牠高興看到我。」

喬伊侃侃敘述，成串的字句從他口中流瀉出來，彷彿只要他能一直說、一直說個不停，他的父母就無法說出那些意料之中的可怕字眼。他要用那滔滔不絕的言語，抵擋他們的判決。

「我看得出來牠因為思念我們而患思鄉病——我們每一個人，所以我想我應該帶牠走。也許我們可以……」

「不！」

是媽媽的大喝打斷他的話；那也是雙親之中第一個說出口的字。喬伊一時之間呆了半晌，隨即又立即滔滔不絕地往下說，為他一心希望、卻又不敢抱存成功希望的結局奮戰。

「可是牠回來了啊，媽媽。我們可以把牠藏起來，對方不會知道的。我們可以說沒看到牠，這樣他們就——」

「不！」

母親嚴峻地重複那個字。

她氣沖沖地轉身繼續擺設菜餚——正如一般村婦，她再次從叱責中得到情緒的紓解。她嘴裏冷冷吐出成串嚴厲的語言，用無情的聲音掩飾內心的情感。

「狗，狗，狗！」她嚷著：「我實在聽膩了狗的事。牠已經被賣掉、離開、成定局了，越早遠離我的視線我越稱心。把牠弄出去。要快！否則要不了多久工夫，那個海恩斯就會找上門來——那個目中無人的海恩斯。」

講到最後幾個字，卡瑞克勞夫太太摹倣著海恩斯的語調扯起高八度的音調。那位魯德林公爵府中的狗舍負責人來自倫敦，一口快似連珠砲般的南大不列顛口音，似乎永遠讓講話慢條斯理、重腔調的本地人聽得一肚子火。

「好啦，這就是我的看法，」喬伊的母親接著說：「你最好仔細想清楚。牠已經被賣掉了，因此你該快快帶牠回買主那兒。」

喬伊發覺無法從母親那兒得到絲毫援助，於是扭頭把目光投到正坐在火爐前的父親身上，而他的父親卻恍如隻字未聞似地毫無反應。喬伊倔強地咬著下唇，尋思新的爭辯之道，結果爲自己採取辯護的卻是萊西自己。

此時小屋內寂靜無聲，萊西似乎以爲一切麻煩都已過去，於是緩緩站起來走到男主人身邊，像所有撒嬌的狗兒般，用牠瘦長的鼻子碰他的手，希望得到他的安慰和關注，而主人卻馬上將手抽開，走到一旁去凝視火光。

喬伊在旁觀看這一幕，對父親展開一場溫和的勸說。

「哎，爸爸，」他黯然說道：「您至少可以對牠打個招呼啊。錯又不在牠，況且，牠是那麼高興回到家裡來呢！摸摸牠吧。」

父親置若罔聞。

「瞧，在狗舍那邊，他們根本沒有好好照顧牠。」喬伊自顧自地往下說：「您想他們曉得如何適當餵養牠嗎？」

「哈，比方說仔細看牠的毛；有點不太對勁，是不是？爸，您認為在飲水中幫牠摻點亞麻子是不是會好一點？為了讓狗維持比較光澤的毛色，我會採取這個辦法，您是不是也一樣呢，爸爸？」

喬伊的父親雙眼依然盯著爐火，緩緩點了點頭。不過，就算他似乎不曾察覺兒子的迂迴戰術，做母親的卻心知肚明。

「哼，」她冷哼了一聲，對兒子大聲咆哮：「要是你對野狗的瞭解還比不上如何用柴枝戳破雞蛋，你就不算卡瑞克勞夫家人——也不算約克郡人了。」

她的聲音在小屋內嗡嗡作響：

「天哪，有時候我真覺得這村子裏的男人好像把他們的狗看得比自己的命還重要。沒錯！

這裏三天兩頭日子不好過。他們找到工作了嗎？不！他們靠政府的失業救濟金過活。我發誓，有些人甚至只要狗有得吃，情願讓自己的孩子餓肚皮都很甘心。」

喬伊的父親聽得站也不是、坐也不是，窘得不得了，男孩卻急著打斷她的話。

「可是，媽，說真的，牠看起來真的瘦多了。我敢打賭，他們一定沒好好餵飽牠。」

「好吧，」她粗魯地回答：「關於這一點，我頂多只能當它是那個自以爲是的先生偷吃了狗兒最好的食物。因爲我這輩子從沒見過一個像他那麼獐頭鼠目的人。」

她邊講邊朝狗兒望過去，這一看之下語氣突然全變了。

「噢，」她說：「牠看起來的確有點慘。可憐的東西！我來幫牠準備點好吃的，保證能讓牠恢復元氣，否則我就不叫懂狗的人了。」

卡瑞克勞夫人太大概也曉得她的同情心態跟前五分鐘裏講的話相差十萬八千里，於是彷彿在替自己找藉口辯護似的，她揚高了聲調。

「不過一吃飽飯後，牠就得回去。」她數落著：「還有，等牠離開後，這屋子裏再也不養狗了，我們又得養育牠們、又得爲牠們工作。養條狗簡直跟養個小孩一樣麻煩，結果到頭來得到什麼？」

就這樣，卡瑞克勞夫太太一面生氣地嘮嘮叨叨數落著，一面熱好了一鍋食物，端到萊西面前，然後和兒子一塊兒站在旁邊看牠快樂地進食，而家裏的男主人卻始終不曾把視線移向這條曾經屬於他的狗。

萊西吃完飯後，卡瑞克勞夫太太收拾好食盤。喬伊走到爐架前取下一方摺好的布和一把刷子，坐在爐前地氈上動手梳理萊西的毛髮。

最初父親還是直盯著爐火，後來終於情不自禁地匆匆斜溜孩子和狗一眼，最後，他大概再也忍不住了，轉身伸長了手，用他滿含溫情的粗魯語氣說：

「小子，不是這樣。既然要做外行事，最好先學會正確的方法。看著——像這樣！」

他一把奪走兒子手中的布和刷子，跪在地氈上，開始用那條布熟練地揉拭狗兒又長又密的環毛，一手小心托著牠高雅漂亮的口鼻，一手整理牠那雪白的頸毛，靈巧地梳鬆牠腿側、胸前、腰邊的毛髮。

於是，小屋裏一時之間洋溢著靜謐的幸福氣氛。男主人全神貫注地工作，暫時忘卻種種思緒。喬伊坐在旁邊靜看他手中毛刷的每一次轉折，並且默記心中。因爲他知道——事實上村子裏的人全知道——不管是爲了配合工作日、或者在狗展時亮相，方圓數哩之內沒有人能趕得上他父親——山姆．卡瑞克勞夫爲長毛牧羊犬修飾打扮的工夫。而他最大的夢想和雄心，就是將來有一天能成爲像父親那麼棒的狗專家。

就在大家暫時都忘了萊西早已不屬於他們之際，卡瑞克勞夫太太首先想起這個問題。

「喂，拜託，」她氣洶洶地嚷著：「把那條狗送走好嗎？」

喬伊的父親突然一陣憤怒，帶著濃濃的約克郡腔暴躁地問：

「妳該不會要我把牠像團待洗的髒衣服似地送回去吧，嗯？」

「聽著，山姆，」妻子說：「拜託，要是你不快把牠送回……」

卡太太噤口不語，一家三口豎耳傾聽──庭院的小徑上傳來漸行漸近的腳步聲。

「喂，是海恩斯啊！」她氣急敗壞地嚷著，拔腿朝門口衝。不過人還沒到達，海恩斯已經推門而入。身材瘦小的海恩斯身著格子外套、馬褲、布綁腿，進了門先暫停一下腳步，這才望向爐前的狗兒。

「哦──果然不出我所料，」他大叫：「我早猜到準能在這兒找到牠。」

喬伊的父親緩緩站起身來，語氣沈重地說：「我正在幫牠把身上弄乾淨些，準備一會兒就帶牠回去。」

「我信；」海恩斯冷嘲熱諷；「你準備送牠回去；我信；只要湊巧必須由我親自帶牠回去──因爲我剛好路過。」

他從口袋裏取出一條皮帶，快步走到萊西身邊，在他頸部套好繩套。萊西在對方的拉扯下乖乖站起來，垂著尾巴隨他走到門口。臨出門前，海恩斯又停下腳步：

「喂，聽著，我可不是乳臭未乾的奶娃兒；正好我自己也懂得一、兩套把戲。約克郡人！我太清楚你們和你們那些跑回家的狗在搞什麼鬼啦。先教會牠們在被賣給別人後如何逃脫籠舍、直奔家裏，然後就可以再把牠們隨便賣給誰。哈，這招對我不管用；不管用。因爲我自己也懂得那麼一、兩套把戲，我……」

海恩斯陡然收口。因爲喬伊的父親已經氣得青筋暴露，朝門口走來。

「呃——再見。」海恩斯急忙告別這一家人。

門被關上了，海恩斯和萊西也走了。好長一段時間，小屋裏沒有半點人聲。最後，卡瑞克勞夫太太的聲音劃破寂靜：

「我受不了啦！我受不了啦！」她大叫：「他自以爲是公爵哇？帽子也不脫，也不請求同意就闖進我的房子、我的家；而這一切全是一隻狗引起的。好啦，牠走啦，我樂得丟掉這個包袱；現在我們總算可以得到一點寧靜啦。但願我再也不要見到牠；再也不要！」

在她滿嘴嘟嘟囔囔、罵聲不停的同時，喬伊與父親卻坐在爐前，動也不動，耐性而堅忍地凝視爐火，就像所有北方人陷入深深煩憂時一般，各自把自己的心事埋在心底。

第五章　「千萬別再回家了」

要是卡瑞克勞夫太太以爲從此天下太平、沒有任何問題，那她就錯了，因爲到了第二天，萊西已然忠實地履行牠數年來的放學之約，守在校門口等候喬伊下課。

喬伊再度帶著牠回家，一路上心頭直盤算著要爲牠力爭到底。對他而言過程很簡單：他覺得爸媽看到這條狗是那麼忠心耿耿，心中一定會很懊悔，於是會答應再讓牠留在他們身邊以便補償他。不過他也知道，要說服他們並不容易。

他領著狗兒慢吞吞走上小徑、推開屋門。小屋裏的一切都一如從前——媽媽已經準備好晚餐，爸爸則坐在壁爐前沉思。自從失去工作機會後，近來他每天總會對著爐火一坐好幾個小時。

「牠——牠又回來了。」喬伊說。

他所有的希望都在母親剛開口時化爲烏有——她的話中絲毫沒有半點通融。

「我不接受。不，我不接受。」她大叫：「你不能把牠帶進來——求我、煩我都沒用。牠必須馬上回去！馬上！」

母親的話像瀑布般沖沒了喬伊。在這家教嚴格卻又蘊藏無限慈愛的約克郡家庭裏，喬伊非常非常難得對父母回一次嘴。但這一次，他覺得自己務必一試，務必讓他們瞭解。

「可是媽，等一下。拜託，只要一下就好。讓我留牠一下下。」

他覺得只要能留住牠一小段時間，父母的心就會軟化。或許萊西也是這麼想；因爲就在喬伊求情的同時，牠已經進了小屋、走到平日常躺的壁爐氈上。牠似乎明白談話的主題正是自己，此時卻在針鋒相對的人們間轉來轉去。

「沒用的，喬伊。你留牠愈久，就愈難把牠帶回去。牠非走不可啊！」

「可是媽——爸，瞧，拜託；牠看起來並不好。他們沒好好餵牠。你們不覺得……」

喬伊的父親起身走到兒子面前，與他四目相對，面無表情、神情空洞，但語氣中卻充滿了理解。

「喬伊，這一招已經不管用了。」他沈吟著說：「聽著，孩子，沒用的。我們必須在用餐後立刻帶牠回去。」

「不！你必須現在就送他走，」卡瑞克勞夫太太大叫：「否則海恩斯又要找上門來了。我不要再看到他把我家當他自己地盤似的登堂入室。馬上戴好你的帽子快走！」

「媽，牠只會再度跑回來啊！媽，您難道不明白牠只會再跑回來。牠是我們的狗……」

看見母親萎頓不堪地頹然坐到一把椅子上，喬伊住了口。她望著她的丈夫，對方微微頷首，彷彿在承認喬伊說的沒錯。

「妳知道，牠是爲這孩子回來的。」父親說。

「山姆，我無能爲力。牠必須離開。」卡瑞克勞夫太太緩緩說道：「假使牠真是爲這孩子而回來的話，你就必須連他一塊兒帶去。讓他陪你過去。他必須負責把狗安置在狗舍裏，吩咐牠留下來。若是由他要求牠住在那兒，說不定牠能夠明瞭、安心，從此不再脫逃回家了。」

「唉，說得有理。」男主人緩緩地說。「喬伊，去拿你的帽子，和我一塊兒跑一趟。」

喬伊黯然取來帽子，父親輕輕吹聲口哨，萊西便乖乖站了起來。於是父親領著他的兒子和狗一塊兒離開小屋。在他們身後，喬伊可以聽到母親的叨唸仍未停止，只是語氣中充滿了疲態，彷彿就快不耐煩地呼號起來。

「雖然這些日子一點指望都沒有，不過要是牠肯留在那兒的話，我們至少還可以過一點平靜的生活。眼看這時局……」

喬伊跟在父親和萊西身後默默走著，母親的聲音越來越小，越來越小……

「爺爺，」普莉希拉問：「動物能聽到我們聽不見的聲音嗎？」

「噢，可以，可以，當然可以。」公爵扯著大嗓門說：「比方說狗吧；狗的聽力比我們人好五倍。好比我指揮狗時所吹出的無聲口哨；其實那並不是真的完全無聲，只是聲音的頻率相當高，而我們聽不到；沒有一個人類聽得到。但狗卻能聽得見，並且聞聲而至。那是因爲——」

普莉希拉看見祖父猝然起身，用力揮舞著刺李手杖走下小徑。

「卡瑞克勞夫！你和我的狗在那裏做什麼？」

普莉希拉瞧見小徑盡頭有個高大魁梧的村夫，身旁站個結實的男孩，男孩的手輕偎著卡利犬的頸毛。她聽到狗兒口中發出低吠，彷彿在抗議爺爺的步步逼近。這時，男孩低低叱喝一聲，狗兒立刻停止吠聲。

普莉希拉跟在爺爺背後朝兩名陌生人走去。山姆‧卡瑞克勞夫一見她走來，趕緊舉帽爲禮，同時碰碰兒子，要他有樣學樣。這並不意味著有任何奴顏屈膝的心態，只是因爲許多鄉下老粗深深以自己家教良好、舉止有禮而自豪。

「這是萊西。」卡瑞克勞夫說。

「當然是萊西，」公爵吼聲如雷；「隨便哪個笨瓜都看得出來。你在對牠做什麼？」

「牠又逃跑了，我把牠帶回來給您。」

「又逃跑？牠曾經逃跑過嗎？」

山姆‧卡瑞克勞夫默不作聲地站在那裏。就像多數村民一樣，他的腦筋轉得很慢。從公爵

最後一段話裏，他聽得出海恩斯並沒有向對方提起牠昨天逃走的事。要是他回答公爵這個問題的話，心裏多少會覺得自己是在打海恩斯的小報告。縱然自己很不喜歡海恩斯，還是不能告他的狀。因爲他那正直的心靈中自有一句警語：「不願害人失業」。問題一答，海恩斯恐怕會被炒魷魚，而近來想要找個工作卻是困難重重，這一點，山姆・卡瑞克勞夫清楚得很。

他以典型的約克郡式作風解決自己的難題，固執地重複自己剛剛說過的話：

「我帶牠回來——沒別的。」

公爵狠狠盯著他，然後把嗓門扯得更大：

「海恩斯！海恩斯！爲什麼每次我要找那傢伙時，他總是不知道躲哪兒去？海恩斯！」

「來啦，先生——來啦。」隨著那尖嗓門的回應，海恩斯匆匆忙忙地從狗舍旁的灌木叢後鑽出來。

「海恩斯，這條狗先前脫逃過嗎？」

海恩斯不安地扭著身體；

「呃，先生，其實這……」

「到底有沒有？」

「可以說有；先生——不過我不想拿牠的事來煩閣下您。」海恩斯緊張地扯扯帽子。「但我非常高興看到牠沒再度逃跑。真不明白牠是怎麼做到的。凡是牠刨開的地方我都用鐵絲圍起來了，我會小心……」

「最好如此！」公爵大吼：「蠢貨！真是個蠢貨！海恩斯，我開始認爲你是個不折不扣的大蠢貨。把牠關好。要是牠再逃跑，我就——我就……」

公爵沒說清楚他到底打算對海恩斯採取什麼可怕的懲罰，便火冒三丈地拖著沈重的步伐走了，連向山姆・卡瑞克勞夫道句謝也沒有。

普莉希拉大概察覺了這一點，跟爺爺走沒兩步後又停下來，站在原地靜靜回頭望著留在原處的三人一狗。海恩斯正氣得手足齊舞，嘟嘟噥噥地嘀咕：

「我要把牠關起來，要是牠再逃走，我就……」

他一面說，一面像要動手揪萊西的頸毛。不過他休想揪到，因爲山姆・卡瑞克勞夫那厚重的工作靴早已踩在海恩斯腳上，教他動彈不得，並且緩緩表示：

「這次我帶兒子一塊兒來送牠進籠子。牠是爲了他才逃跑的，所以，他要負責關好牠、命令牠留下。」

這時，山姆・卡瑞克勞夫彷彿才剛察覺什麼，突然揚高了他那一口沈滯的約克郡腔：

「呀，真對不起。我沒注意到我踩著你的腳。過來，喬伊！孩子。海恩斯，幫我打開狗舍，讓我送牠進去。」

站在老冬青樹下靜觀的普莉希拉看見萊西進了狗舍、走到圍場。一看男孩來到鐵絲網旁，

牠又抬起頭朝他走去，拼命壓著鐵絲網朝前擠。男孩五指穿過縫隙摸著狗兒涼涼的鼻子，一語不發地在網前站了好一會兒工夫，最後是由他的父親打破沈默：

「喬伊，孩子，快啊；快快結束這一切吧！長痛不如短痛啊。叫牠留下——告訴牠，我們不能再讓牠回家了。」

普莉希拉看見那男孩仰頭看看父親，然後又東張西望，彷彿附近有什麼助力一般。可是——沒有；四周沒有任何援手，他只有強嚥一口氣、開口說話。一開始他講得很慢很慢、聲音很低很低，漸漸地愈說愈快、愈說愈急。

「萊西，留在這兒，要快快樂樂的。」他一開口，聲音幾不可聞。「還有——還有千萬別再跑回家、千萬別再逃跑、別到校門口接我了。留在這兒、別管我們——因爲——因爲你不屬我們了，我們永遠——永遠不想再見到你。因爲你是條壞狗——我們不再愛你，不想見到你。所以別來煩我們，別再跑回家——永遠永遠留在這兒，離開我們。永遠——永遠永遠別再回家了。」

那狗兒彷彿聽得懂似的，走到狗舍遠遠的一個角落趴了下來。男孩無情地掉頭就走，只是他已淚眼模糊、看不清路，沒走兩步就絆了一跤，幸而走在身旁、頭揚得高高、兩眼直視前方的父親及時抓住他的肩膀才沒摔倒。父親握著他的肩膀、搖著他粗聲粗氣地吼著：

「看路！」

喬伊跟在快步疾走的父親身旁大步離去。心中想著自己永遠也無法瞭解爲何每當你最需要大人時，他們總是那麼鐵石心腸。

他小跑步跟上父親，一面思索著這個問題，一面想不透父親究竟是爲什麼那麼急於想擺脫追在他們身後的聲音——來自一隻卡利犬勇敢的叫聲；牠在呼喚牠的主人不要遺棄牠——喬伊想不透。

除他之外，還有一個人也發現許多教人想不通的事；那人便是普莉希拉。她走到此刻萊西所站的圍場附近；萊西兩眼定定地望著小徑轉彎處主人身影隱沒的地方，昂著頭，一聲聲高聲呼喚。

普莉希拉默默望著狗兒，直到海恩斯從狗舍前走來，這才出聲叫住他：

「海恩斯！」

「是；普莉希拉小姐？」

「那條狗爲什麼跑回家找他們？牠在這裏不快樂嗎？」

「噢！天哪，普莉希拉小姐，他當然快樂——瞧牠住在這麼一間十全十美的狗舍哩。牠之所以跑回家是因爲他們訓練牠那麼做。那是他們一貫的作風——偷偷把牠們弄回去，然後趁你還沒查到之前又把牠賣給別人。」

普莉希拉皺著鼻子沈思。

「可是如果說他們想把牠偷回去，爲什麼又要親自把牠送來歸還？」

「噢，請別爲這件事傷您的腦筋。」海恩斯說：「反正那小村子裏的人沒人值得信任。他們總是耍詐；真的——不過我們比他們精明多了。」

普莉希拉想了想：

「可是如果那男孩希望他的狗回去，當初又何必賣呢？假使牠是我的狗的話，我才不會賣掉牠。」

「您當然不會，普莉希拉小姐。」

「那麼他們爲何賣掉牠呢？」

「他們爲何賣牠？因爲您祖父付給他們一大筆錢哪；這就是原因。一大筆錢哪。真是太便宜他們、太便宜他們啦。要是依我——我會讓他們嚐點苦頭；我一定會；真的。」

海恩斯對自己的解答很滿意，轉頭對還在狗舍裏狂吠的狗兒喝令。

「喂，安靜！趴下——快給我趴下。乖乖待在狗舍、趴下來。快！」

眼見狗兒毫無回應。海恩斯走近籠外，作勢要打牠。

萊西緩緩轉過頭來，胸口發出低沈的轆轆聲，咧著嘴，露出雪白的大銀牙，兩耳倒貼，頭邊的長毛也慢慢往上豎，轆轆的低吠也愈叫愈響。

海恩斯躊躇不前，張嘴喳呼：

「喂，你非要吵吵鬧鬧，是不是？」

這時，普莉希拉走到他面前。

「小心啊！，普莉希拉小姐。換作我的話絕不會靠太近的。我瞭解狗，牠看見人家做什麼都會跟著依樣畫葫蘆。我真的瞭解！不過在我完全將牠訓練好之前，我要請高貴的小姐您多迴避。所以請離牠遠一點，小姐。」

海恩斯說完轉身離去。普莉西拉小姐靜立好一會兒，終於慢慢朝鐵絲網走去。她將手指穿過網縫，以便靠近萊西的頭，輕柔地喚著：

「來，小姑娘，過來；快來我這兒，來呀！我不會傷害你的。快來！」①

狗兒坐了下來，不再高聲狂吠。棕色的大眼朝小姑娘的藍眼睛斜瞟一眼，然後不理不睬，擺出一副落難貴族的姿態，蹲伏在籠中，眼不眨、頭不回，趴在地上，定眼凝望山姆・卡瑞克勞夫與他兒子從自己視線中消失的那一個定點。

①萊茜（Lassie）的原意是少女、小姑娘（Lass）的暱稱，而本書原名則是《歸鄉少女》。

第六章　荒野中的藏身處

第二天，萊西趴在牠的籠舍裏，初夏的陽光灑在牠的長毛上。牠頭朝昨天傍晚山姆・卡瑞克勞夫父子離去的方向，趴在前掌上。至於雙耳朝前豎，爲的是讓自己的感官保持清醒。縱然身體在休息，只要一有主人返回的跡象，牠都可以看見、聽見、或嗅到。

然而午後的時光平靜安寧，四下裏只有蜂兒的「嗡嗡」飛繞，與英國鄉村的潮溼氣息；只有這些。

時間一刻刻過去，萊西開始騷動不安。牠的體內彷彿有某種衝動在隱隱約約地召喚，微弱而模糊，大概就有如吵人的鬧鐘鈴響在沈睡者耳中那般恍恍惚惚的催促吧。

萊西猝然抬起頭、嗅著微風中的氣味。但這並未帶給牠任何平息內心騷動的答案。

牠站起來、緩緩走向狗舍、躺在陰涼處；這舉動未曾紓解牠的情緒。於是牠再度站起身來，回到驕陽下；但那也無法令牠釋然。心中那股奇異的鞭策愈來愈強烈，牠開始沿著鐵絲網在籠子裏繞圈子。內心的力量驅使牠一圈又一圈地繞著籠舍不停地踱步。終於，牠在一個角落裏停止行進，抬起一隻前腳猛抓鐵絲網。

那動作彷彿是種暗號，萊西心中陡然一亮——是時候了！該是去等男孩的時候了！

當然牠並不像人一樣可以清清楚楚地想到這一點，而是無緣無故就曉得了。但這股衝動完完全全掌握著牠，趕走其他所有的雜念。牠只知道——就像多年來的每一天一樣，現在該是牠到學校去的時候了。

牠活力澎湃地猛抓鐵絲，在網上留下些許抓痕。記憶告訴牠，牠曾從那個角落逃脫過。於是牠猛抓、猛扯，又往網下努力刨、擠，用牠壯健有力的頸子和背肌往上頂，爲的就是逃出此地。

然而海恩斯早已截斷了那條脫逃之路。他用更堅固的鐵絲強化網子，同時運來紮實的木樁堵在籠外，無論萊西如何用力、如何挖刨都沒用。時間的流逝和行動的挫敗似乎迫使萊西更加生氣勃勃，開始在籠中撒腿奔跑。憑著本能，牠抓遍幾個可能有安全逃出途徑的地方，可惜那些地方全被海恩斯加強防堵措施了。

連番的挫折激起萊西的怒氣，牠發了瘋似地仰天狂吠。接著，牠突然在瞬時之間懸起前足，倚著鐵絲網抬頭張望——

既然能由某樣東西底下通過，自然也可以由它上方走哇！

這些道理，狗兒並非經由邏輯推理想通，也不是因爲聽人們說而知曉，即使再聰敏的狗兒也只能藉由隱隱約約的本能、以及在牠們短暫生命中累積的教訓，一點一滴、慢慢地明瞭。

於是，一個模模糊糊的概念在萊西心頭逐漸變得清晰，最後牠終於有了新主意。牠縱身一躍，結果跌落原地。那面圍籬足足有六呎高，不是一隻卡利犬能跳得過的；若是換成靈狼或俄國獵犬來跳倒是一定游刃有餘。長久以來，由於各種不同的需要，狗兒也在人類的馴養下發展成不同的類型，卡利犬是屬於所謂「工作犬」的一類。千百年來人們餵養牠們，是爲了要牠們陪伴人類工作、瞭解人們的指令、訊號，要牠們聰慧、能夠成爲好幫手。在這些方面，卡利犬的表現相當優秀；但是換成跳躍、衝刺，牠們卻遠遠不如歷經刻意培養這幾項專長的品種。

因此萊西這一跳，距離鐵絲網頂端還有好長一段距離。牠幾度轉身回到距離目標最遠處，然後快步衝刺起跳，結果還是沒有一次成功。

要想跳出似乎毫無可能。然而萊西是隻好動物，具備勇敢、堅毅的個性。牠一遍又一遍針對不同的定點嘗試，彷彿其中必定存在某個特別可能成功的方位。

這個方位真的存在！

就在某兩面鐵絲銜接的九十度彎角處，萊西躍起時，後腿在一個角落踏到支撐點。於是牠重複試跳。這一次牠宛如一個正在爬樓梯的人一樣，蓄滿全身精力，奮勇往上爬，直到快接近網頂的地方才跌下來。

但牠立即學會了箇中訣竅，返身回到原位再度向前衝。這一次憑藉著自己強勁的衝力牢牢貼住轉角，趁重力往前壓的一刻用腳爪勾住鐵絲網，使盡全力一步一步掙扎著往上爬，終於兩隻前腳攀到了籠頂，掛在那兒。不一會兒，牠又緩緩將整個身體往上撐，搖搖欲墜地在網架上撐了一下。網上的鐵絲頂著萊西的腹部，而牠卻毫無感覺。在牠心中只有一個念頭——時間；履行校門之約的時間。

牠往外一竄，掉落在籠外的地面。牠自由了！

現在牠已達成目標；而成功的因素可以說全歸功於那股猛烈的活力。眼前的牠雖然毫無阻力，但直覺卻驅使牠採取新行動。牠彷彿知道萬一自己被人看見，必定要重回牢籠，因此開始像狩獵野物或被獵時的狗兒般，機警而敏捷地移動著。

牠腹部貼地，悄悄從小徑溜到杜鵑花籬，濃密的枝葉吞沒了牠的身影。須臾之後，牠又像幽魂一般悄然溜到遠處一堵牆壁的暗影下。就像絕大多數動物一樣，牠對地形地勢的記憶能力完美至極。牠以驚人的速度無聲無息跑到圍牆盡頭和鐵欄杆柵欄的交界處。牠曾在這道柵欄下發現一個洞，此時牠便從這個洞裏溜出去。

彷彿瞭解這是敵方領土的界限般，出了洞，牠的舉止動作立刻完全改觀，恢復平時的正常模樣。牠泰然自若地小步奔跑，頭頸挺直，膨鬆的尾巴與身體聯結成一條美的曲線，自自然然地揮擺——牠是一條神采出眾的卡利犬，正快快樂樂地向前慢跑。沒有激動，沒有紛擾，怡然進行生活中的一道常規。

喬伊・卡瑞克勞夫原以爲這輩子再也見不到萊西了。在他命令牠留下、責罵牠偷跑回家之後，他真的認定牠永遠、永遠不會再到校門口來和自己相會。

然而，在他滿懷的希望之中某個深沈的角落裏，他也曾懷抱這個夢想，只是從來不敢相信夢能成真。那一天，他走出校門，看到萊西竟如往常般在原地等候，心中直覺那不是真的——他只是置身夢境中。

他注視著他的狗兒，稚氣的圓臉上滿是驚詫之色。萊西眼看他沈默不語，以爲那代表著他對自己的行爲深深不以爲然，於是黯然垂下頭去，牠不知自己犯了什麼錯，只是緩緩搖著尾巴，乞求他能原諒自己的過失。

喬伊・卡瑞克勞夫彎下腰摸摸牠的頸子。

「很好，萊西」他說：「很好。」

他並沒有看著他的狗。因爲他的思路正飛快地運轉，思緒跑得好遠、好遠、好遠。他想起自己曾如何地兩度將狗帶回家，然而儘管自己滿懷希望、苦苦哀求，狗兒仍舊被送走。

這一次，他不再興奮地加緊腳步往家的方向跑。相反的，他的手擱在狗兒頸子上、攢起眉頭、站在原地，試圖爲這個人生中的大問題尋思解決之道。

海恩斯乒乒乓乓地擂著小屋大門，不等主人應聲便直闖屋內。

「喂，牠呢？」他詰問。

卡瑞克勞夫夫婦睜著大眼睛瞪著他，然後互換一個眼神。做妻子的眼中含憂，似乎根本不曾注意到海恩斯的存在。

「難怪他沒回來！」她說。

「嗯。」丈夫附和一聲。

「他們在一起──他和萊西。牠又逃跑了，而他不敢回家裏來。他知道我們會把牠送回去。他陪著牠一塊兒逃家，免得我們送牠回去。」她頹然坐在一把椅子上，語氣變得惴惴不安：

「噢，我的天哪！難道我們家永遠不能再過點太平日子了嗎？永遠不得太平了！」

丈夫緩緩站起身來，走到門邊，從掛釘上取了便帽，回到妻子身旁：

「愛人，別擔心，喬伊不會跑遠的，頂多是往那幾片荒地上去。他不至於迷路──萊西和他對荒地裏的地形、路徑都太熟悉了。」

海恩斯似乎一點也不在意小屋裏這對夫妻驚慌的心情，追問：

「喂，快說，我的狗到底在哪裏？」

山姆・卡瑞克勞夫緩緩扭頭望著那矮子，溫和地說：

「那正是我要出去尋找的答案，不是嗎？」

「好，我跟你走，」海恩斯說：「免得你們搞什麼把戲。」

山姆‧卡瑞克勞夫一時之間怒不可遏，大踏步朝海恩斯走去，那傢伙趕緊往後倒退。

卡瑞克勞夫低頭瞪著這傢伙，然後，彷彿對這無論身材或人格都遠遠在自己之下的人不屑一顧的，逕自走到門口，扭頭說：

「海恩斯先生，請你回去。一旦我找到你的狗，牠自然會馬上回你那兒去。」

山姆‧卡瑞克勞夫說完舉步走入屋外昏暗的暮色裏。他並沒有進村子，而是沿著小路走上山丘，一直來到那片幽淒荒涼、在北方鄉區綿延好幾哩的大高原。

他踩著穩健的步伐前進。天色一下子就黑了，但他的雙腳卻一直似是發乎本能地踩在略顯殘敗的小徑上。這些小徑是千百年來在荒野上來來去去的先人們踏出的痕跡，在沒有陸標指引的一大片土地上，異鄉人也許是沒幾步就要迷路，但村民們絕不會。

終其一生——在孩童們嬉戲玩耍間——他們早已稔知家鄉的一切。他們熟悉荒野上的每一吋地，小徑上的每一個轉折對於他們，就有如街路轉角的告示板對於城市人一般，明白告訴他們此刻身在何處。

這時的山姆‧卡瑞克勞夫步履堅定地大步前進，因爲他清楚地知道該去何處尋找他的兒子。橫越荒原五哩處有塊突如其來隆起的陸地，在平坦的野地裏構成一座陸嶼；一座由裸露的岩石堆砌而成的陸嶼。一塊塊鋒稜畢露的巨石平空矗立，恍如古時鄉野傳奇中的某個小孩利用它們來堆建高塔，卻在半途拋棄這尚未完成的遊戲般，村民們經常在憂愁苦惱時信步走到這兒。一座座荒涼、險峻的寂靜無邊、可以讓人不受任何干擾地坐在裏頭解開社會、人生疑問的地方。

山姆・卡瑞克勞夫腳下踏的正是這片荒涼地。他鎮定從容地穿過黑幕。夜雨已經開始拂過荒野，綿綿密密恰似迷霧、飄撒個不停，但他並沒有因此而放慢步伐。終於，石堆半隱半現地出現在暮色中，就在山姆・卡瑞克勞夫的雙腳踏上第一塊激起迴音陣陣的石塊之際，他聽到一聲厲吠——一聲來自戒備中的狗兒警告似的吠聲。

山姆爬上一條從自己童年時就已摸透的小路循聲走去，在某塊岩石的下風處，發現藏身在岩石下避雨的狗和孩子。他佇足片刻，四下裏只聽得到他的呼吸聲。

「喬伊，過來。」

這是他唯一的一句話。

男孩乖乖站起來，黯然無語地跟在父親身畔，父子二人帶著狗兒走在石南糾結的草地上，沿著兩人熟悉的幾條小路回家去。來到村莊附近時，父親再度吩咐：

「喬伊，馬上回家等我，我先送牠回狗舍。待會兒回家後我要和你談談。」

喬伊很清楚父親打算和他「談談」什麼。他知道這次逃家大大違反家庭生活的規範，至於觸怒父母的程度有多深，在他踏入家門、看見母親的舉動時就已一目瞭然。眼見他脫下濕淋淋的外套、把鞋子擺在爐架上烘乾，母親一句話也沒說。她當著他的面擺好飯菜，端來一杯冒著煙的熱茶，然而依舊悶不吭聲。

終於，父親回家了。他站在小屋裏，嚴峻的臉龐上閃著雨光。燈火映照，在他的鼻頭、顴骨和下巴上刻畫出冷厲的影像。

「喬伊，」他說：「你知道你和萊西這一逃家犯了什麼錯——對你母親還有我做錯了什麼？」

喬伊鎮定地望著父親，抬起頭、清楚地回答：

「知道，父親。」

父親點點頭、深吸一口氣，一隻手伸到腰前解開他的粗腰帶。

喬伊默默看著。這時，他突然出乎意料地聽見母親大叫：

「不要，我叫你不要。」

她面對父親站起身來。喬伊從未看見母親如此激動過。她站在那兒，和他的父親正面相對，飛快扭過頭來：

「喬伊，馬上上樓睡覺。快去。」

喬伊聽命離開的同時，看見她轉回頭望著他父親，堅決表示：

「我們還有幾件事要先討論；我要此時此地立刻談清楚；現在應該正是時候。」

接著兩人都沒作聲。當喬伊行經母親身邊準備上樓時，她握住他的雙肩對他露出一個短暫的笑容，然後飛快地將他的頭摟在自己胸前，而後慈愛地拍拍他、推他朝樓梯方向走。

上樓時，喬伊邊走邊納悶，爲什麼有時候就在你最需要大人時，他們竟能如此瞭解你的心情？

次日早晨，一家人同桌吃飯，誰也沒有提起昨天的事。喬伊想起昨晚他上樓就寢的那一段時間內，他的父母曾經有一場交談。半夜裏他一度醒來，聽到樓下還沒結束談話。在構造結實的小屋裏，他聽不清他們說話的內容，只能聽見他們的談話聲，母親的語氣急切而堅持，父親則是低沈含糊而包容。

不過等到父親吃完飯出門後，喬伊的母親隨即開口說：

「喬伊，我答應過你父親要和你談談。」

喬伊垂下眼瞼、盯著桌面等待下文。

「孩子，現在你曉得自己做錯事了，對不對？」

「是的，媽。我很抱歉。」

「我知道，喬伊。不過事後的抱歉根本無濟於事；這一點非常重要。因爲你絕不能給你父親添煩惱；眼前絕不能。」

體態豐腴的她坐在餐桌旁，慈祥地凝視孩子的臉。不久，她的視線落向遠方：

「喬伊，你知道的，近來一切不比從前了，你必須牢記這一點。你父親——唔——他心裏有很多負擔。你已經十二歲，是個大孩了了，你得試著像個小大人那樣去諒解許多事情。

「唉，如今一個家庭想要順順利利過日子已經是件難事，而要飼養一條狗更是所費不貲——我是指好好飼養一條狗。萊西食量大；真的很大；按眼前的情況想好好飼養牠談何容易。這樣說你明白了嗎？」

喬伊似懂非懂地緩緩點頭。他真想說但願大人們能將心比心，以他的觀點來看待這件事情。然而媽媽正輕拍他的臂膀——用那隻乾乾淨淨、豐腴光澤，平日捏製麵食、縫補衣襪，繡起花來針針如飛、靈活巧妙的手輕拍他的臂膀說：

「真是好孩子，喬伊。」

她臉上露出愉快之色。

「也許有那麼一天，一切又有轉機——就像回到往日的時光——到那時候，唔，我們第一件事就是再另外養條狗，好嗎？」

喬伊不明白為什麼，只覺得如鯁在喉。

「可是我不想要別的狗，」他哭嚷著：「永遠不要。我不要別的狗。」

他還想說：

「我只要萊西。」

可是他多少知道這句話一定會傷了媽媽的心。於是他嚥下了話，拿起帽子奔到屋外，直衝到孩子們上學必經的街道上。

第七章　只剩誠實

正如媽媽說的，一切都和從前不同了。隨著時間一天天過去，喬伊的感受也愈來愈深。比方說，萊西再也不曾到學校。大概是公爵家的狗舍負責人終於迫不得已發明出某種障礙物來圍堵牠，而這種障礙是連牠也無法爬上的。

每天喬伊出校門時，心頭的希望總會在瞬時間燃得好高，於是，他便習慣性地朝牠以往靜坐等候的位置張望一下；但牠一直沒再出現。

上課時間，喬伊努力想要注意他的功課，心思卻老是不由自主地跑到萊西身上。他奮力擊退那些雜亂思緒，決心不再對牠回來的可能抱存任何期望。可是儘管他暗自立誓絕不冀望牠出現，每天上完課、走出校園時，兩眼卻仍會情不自禁地往校門旁那個位置望著。

牠不再出現在那裏；所以說一切果真都和以往不同了。

但改變的不只是萊西。喬伊開始感受到許多「事物」都已完全改觀。他覺得現在爸媽常會爲過去絕不會動肝火的事情責備他。好比用餐時，媽媽會定睛看著他將糖舀入茶杯裏。這時她一定是癟著嘴巴，有時還會數落幾句：

「喬伊，你犯不著把全部的糖都用光。這——呃——吃那麼多糖對你不好；這有害健康。」

近來媽媽的脾氣似乎特別急躁；這也是另一樁不同於以往的事。

一天，她正準備出門做週末採購，結果只因爲他建議說不妨買塊烤牛肉回來，媽媽的反應竟然好奇怪。喬伊說：

「媽，我們何不買塊牛肉回來禮拜日烤——另外再加點約克郡布丁呢？我們好久沒吃這兩樣東西了。唉，這一說，我真恨不得能馬上吃幾口哩。」

過去爸媽一直以他的食量爲傲，總是笑哈哈地取笑說他的胃足足能吞下一頭大象，卻又拼命塞更多食物給他吃。但這次媽媽卻沒有笑、甚至沒答腔，只是呆站數秒鐘，然後扔下她的購物袋，一語不發地跑到樓上、衝回臥房去。爸爸則是凝視樓梯一會兒，然後什麼也沒說明，跳起來取下帽子，摜上門就出去了。

不同以往的「事」還不只這些呢。現在他常常一回家就看見父母倆彼此怒目相向。一看他到家，他們一定馬上停止對話，但只要瞧瞧他們的神情態度，喬伊也知道他們剛剛準在一起爭執。

有一天他深夜裏醒來，聽見他們在樓下廚房說話。不是從前那種平平淡淡的輕聲細語，而是充滿憤怒與茫然失措的口氣。這時，樓下的音量節節拔高，他聽見父親在說：

「我告訴妳，我這雙腿方圓二十哩內都走遍了，沒有一件事……」

接著那聲音隨即平息下去，喬伊聽到的是媽媽突然以一種溫馨語氣低聲安慰的聲音。

許多「事」和以前的確不一樣了。事實上在喬伊心目中，根本是萬事全非。而對他而言，這一切全都顯示在一件事上：萊西的事。

當他們擁有萊西時，家裏是一片舒適、溫暖、開朗而和善，而現在卻沒有一件事對勁。因此答案很簡單：只要萊西回來，一切必會恢復舊觀。

喬伊常想著這件事情。媽媽曾經要求他忘了萊西，但他做不到。他可以假裝忘記牠，可以停止談論牠，但萊西永遠存在他的心中。

他任由牠一直生活在自己的心靈裏。上學時，他坐在課桌椅後夢想著牠；想著也許將來有一天——有一天——就像夢境成真般，牠會來到學校外，然後牠會像從前一樣，坐在校門口。他彷彿看見牠就坐在那兒，亮褐與雪白摻雜的長毛在陽光下映著金光，眼中閃爍光采，尖尖的耳朵朝前豎，以便在牠那不怎麼敏銳的視力下望見主人身影前，大老遠就聽到他的腳步聲。牠會搖著尾巴歡迎他，嘴角往後咧得開開的，露出快樂的狗「笑」。

然後他們會賽跑回家——回家——。一同奔過村莊，高高興興地相偕奔跑。

喬伊這樣夢想著。就算不能提起牠，他也永遠永遠不會停止夢想著牠，盼望有一天……

喬伊回家時，北國早暗的暮色已經籠罩大地。他看見父母齊齊仰頭望著他。

「爲什麼這麼晚回來？」母親的語氣嚴厲而短促。

喬伊覺得他倆一定又談過話了——像這陣子以來常見的那種彼此對對方不耐煩的交談。

「我被留校。」他回答。

「你犯了什麼錯被留校？」

「老師叫我坐下，而我沒聽到。」

母親兩手扠腰：

「你爲什麼站起來？」

「我看窗外。」

「窗外？你爲什麼看窗外？」

喬伊站著不說話。他要如何向他們解釋呢？還是什麼都別說的好。

「你聽到你母親的問話了？」父親忿怒地站起來。

喬伊點點頭。

「很好。那麼——回答她。你上課時間看著窗外做什麼？」

「我忍不住。」

「這算哪門子回答。什麼叫做你忍不住？」

喬伊覺得事事無望的感覺淹沒了他——他的父親，一向那麼能體諒人的父親現在卻對他生氣。他覺得一波波的話擋也擋不住地衝口而出：

「我忍不住。那時候快四點了，正是牠來學校的時間。我聽到一聲狗吠；聽起來像牠的聲音。我以爲是牠；我真的以爲是牠。我情不自禁；媽，我沒注意到自己在做什麼；真的。我從窗口往外望，想看看究竟是不是牠；我沒聽到提姆斯老師叫我坐下。我以爲那是萊西——結果牠並沒有去。」

喬伊聽見母親不耐煩地提高嗓門：

「萊西，萊西，萊西！難道我還得再聽這名字！難道我的家裏真要永無寧日……？」

啊，就連媽媽也不瞭解！

喬伊對這件事最敏感了。要是媽媽能瞭解該多好呵！

這一刻他再也承受不住，只覺得喉頭一股熱氣往上衝。轉身衝出大門，衝下小徑，投入深沈的暮色裏。一直跑、一直跑，跑到荒野上。

一切再也不會如人意了啊！

荒野上暮色陰沈，喬伊在陰暗中聽到一連串的腳步聲與父親的聲音：

「孩子，是你嗎，喬伊？」

「嗯，爸爸！」

父親似乎已經怒氣全消。當他漸漸走近、高大魁梧的身形在昏暗中依稀可辨，喬伊突然感到一陣安慰。

「走走吧，喬伊？」

「嗯，父親。」

喬伊知道要父親「找到話談」是件很難的事；他總要花上大半天工夫才能迸出一句來。

「那麼走吧，喬伊。那是最棒的事不是嗎，喬伊？」

「是的，父親。」

父親點點頭，對自己的談話和兒子的回答似乎都感到很高興。他豪邁地舉步向前，喬伊也儘量邁開大步，以便跟上父親堅定有力的步伐。他倆默默無言，相偕走上一塊地形隆起處；不久便踩到一塊石頭邊緣，來到岩石區。最後，兩人在石板上坐了下來。一輪半月從天際冉冉飄動的雲朵後露出臉來，藉著月光可以看到整片荒原在他倆面前向外延伸。

喬伊看見父親將他那支短泥菸斗送到嘴裏，然後心神不屬地摸摸這個口袋、那個口袋，好一會才回過神來，不再東掏西摸，開始吸起他的空菸斗。

「爸，您沒菸草了嗎？」喬伊問。

「噢——不，孩子。只是——呃，環境如此——我戒菸了。」

喬伊皺起眉頭。

「爸，是不是因爲我們太窮，您買不起菸草了？」

「不，孩子，我們不窮。」喬伊的父親斷然辯駁：「只是——時局不同了，再說——唔，再說畢竟我的菸也抽得太兇，暫停一段時日對我的健康有幫助。」

喬伊靜坐沈思。朦朧的夜色中，喬伊坐在那兒，心知父親這話不過是在自我安慰。他知道父親是在保護他，不想讓他籠罩在大人的愁雲中。突然間，喬伊好感激這高大強壯、一路追著他到荒野來、試圖給他安慰的父親。

他伸出手去碰碰父親的手。

「爸，您沒生我的氣，對不對？」

「沒有，喬伊；一個做父親的是不可能真正生自己孩子的氣的——永遠不會；他發脾氣只不過是想要孩子瞭解現實罷了。」

「這是我一直想跟你說的話。你絕不要以爲我們對你太嚴厲了。我們並不想那樣。只是——呃——其實這一切背後的因素只是：做人必需坦誠啊，喬伊。永遠別忘記這一點；不管處境如何，一輩子不能忘記。一定要坦誠。」

喬伊靜靜坐著。此刻，他的父親正近乎自言自語地訴說：沒有比手劃腳，只是紋風不動地坐在石頭邊上，對著陰暗的夜色侃侃訴說。

「有時候，當一個人無法擁有許多的時候；喬伊，他更須努力堅守誠實不欺的原則——因爲那是他唯一僅剩的了。至少他守住了誠實。有趣的是，誠實別無他徑。它只有一個方法；誠實就是誠實。懂嗎？」

喬伊似懂非懂。但知道這對父親必定是件非常要緊的事，否則他不會爲此說了這麼多句話。平常父親頂多只會應聲：「嗯！」或「不！」但現在他卻試著要詳談。不知怎麼，喬伊能夠感受到父親所要引導他明瞭的道理必然十分重要。

「喬伊，好比說吧，十七年來，我一直在克雷勒貝勒礦坑，十七年；歷經好好壞壞、盛產與蕭條，直到它永久關閉，所有同事都能篤定證明我是個優秀的煤礦工。喬伊，十七年來，我周遭隨時有十來個人一同工作。可是，孩子，這些人沒有一個能指控這許多年來，山姆‧卡瑞克勞夫曾經拿過一件不屬於他的東西，說過一句不誠實的話。記住，喬伊，在整個西萊丁區，沒有一個人能站出來宣稱卡瑞克勞夫曾經不誠實。這也正是我所謂『堅守你所擁有的』的含意。誠實的唯一道路，沒有第二條。現在你已經夠大了，應該明白一旦你把東西賣給顧客，收下對方銅板，而且已經把這筆錢花掉；那麼——那麼事情就成定局了。而萊西已經被賣走，沒什麼好說了……」

「可是，爸，牠……」

「夠了，夠了，喬伊，你無法扭轉什麼。就算你費再多的唇舌，也無法改變牠已經被出售、我們也已經收了公爵的錢並且將它花掉的事實，現在牠是屬於他的了。」

山姆・卡瑞克勞夫沈默片刻，然後彷彿自言自語地說：

「其實這樣最好。沒辦法；牠是愈來愈難養啦。像牠那樣的狗吃的東西，幾乎和正當發育的孩子一樣多。」

「以前我們一直都養著牠呀。」

「是啊，喬伊；可是我們必須面對現實。喏，以前我在工作，但現在我得坦白告訴你——我是在靠失業救濟金度日。憑這點兒錢根本不能好好養條狗——甚至不能好好養個家。所以牠還是離開的好。」

「喂，孩子，你要這樣想：你不會希望萊西漸漸消瘦憔悴、軟弱無力，不會希望牠被用附近某些人家養狗的方式那樣養著，對不對？」

「我們不會讓牠消瘦，我們辦得到的。我用不著吃那麼多……」

「夠啦，喬伊，你不該朝那個方向去看待這個問題。」

喬伊悶不吭聲，過了一會兒，父親又說：

「孩子，你不妨這麼想：喏，你非常非常喜歡那條狗，是不是？」

「當然是，爸爸。」

「很好，假使這樣的話，你就該爲牠的離開感到衷心快樂才對。想想看，喬伊，萊西現在有許多食物吃，有一座完全屬於牠自己的狗舍，一處又大又好的圍場，還有每個人的照顧。噢，孩子，牠就好比是個住在自己宮苑庭臺的公主一樣。沒錯，牠現在正像個皇家公主一樣，這對牠不是美極了嗎？」

「可是，爸，要是牠留下來會快樂……」

山姆・卡瑞克勞夫憤怒地叱喝：

「喂，喬伊！不要求我！算啦，看來我最好乾脆跟你說個明白。你應該徹底把萊西掃出你的腦海，因爲你永遠永遠也見不到牠了。」

「可是牠有可能逃出來……」

「不，孩子，不！上次牠已經是最後一次脫逃，而且也逃得太勤了。以後牠永遠也不會再逃跑——一次也不會！」

喬伊強迫自己問：

「他們對牠做了什麼?!」

「唔，上次我送牠回去後，公爵對我、對海恩斯、還有對這從頭到尾的事大爲光火，而我對他也火冒三丈。因爲不管他是不是公爵，我可沒欠他一分錢，於是我說，要是牠再逃走的話，他就休想再見到牠了。而他也宣稱萬一牠再逃走，我大可高高興興留下牠，不過，他絕不會容許這種事發生。因此，他帶著牠一同回到他在蘇格蘭的領地，準備將牠打點好以便參加狗展。海恩斯和牠以及其他六條類似的參展狗一塊兒走。不過等展覽過後，牠仍舊是回到蘇格蘭，永遠不會再住到約克郡來了，所以牠將永久留在那邊，我們只有道再會，祝牠好運，從此牠不會再回來啦。原本我不打算立刻告訴你的，不過現在看來，最好還是該讓你曉得。情況就是如此囉，你好好想想吧。喬伊，孩子，生活中，我們無能爲力的事只有逆來順受，所以要像個男子漢一樣承擔下來，讓我們一輩子都不要再提起這件事——尤其是在你母親面前。」

喬伊離開了那堆危巖巨石，腳步蹣跚地跟隨父親沿著小徑越過曠野。他的父親只是陪伴走路，並沒有開口安慰他，嘴裏也還抽著空菸斗。直到兩人行近小村，望著家家戶戶窗口透出的燈光，他才再度表示：

「喬伊，進門之前，我希望你能多替你母親想想。你長大啦，必須努力像個男子漢一樣對她，多體諒她。」

「瞧，喬伊，女人家和男人不一樣。她們必須守在家裏，盡其所能地經營整個家。所以當媽媽對我說話兇，或者有時候數落你時，你不能把它放在心上。近來她有許多事要負荷，樁樁件件都在磨損她的耐性吶。所以喬伊——該多多忍耐的是我們倆——我和你。那麼到時——唔，也許將來有一天情況又會好轉起來、環境對我們大家都有利。你懂嗎，孩子？」

喬伊的父親快步上前，用力握一下孩子的手臂以示鼓舞。

「是的，爸。」

喬伊佇足片刻，凝望燈火通明的小村。

「爸，蘇格蘭很遠嗎？」

父親垂著頭站在那兒，黯然地深深吸口氣：

「好遠好遠的路程，喬伊。我想，你一輩子只怕都不可能到那一半遠的地方吧。好遠、好遠的路！」

於是，這對父子倆黯然神傷地並肩走回村裏去。

第八章　高地上的囚犯

正如山姆・卡瑞克勞夫告訴過他兒子的，從約克郡的格林諾橋小村莊到魯德林公爵在蘇格蘭高地的府邸間，確實是「好遠、好遠的一段路」；一段遠遠超乎你所願意跋涉的長距離。

要想到達蘇格蘭高地必須朝接近正北方的方向走——首先要穿越約克郡境內的數片荒野與平原，然後東轉經過一大片蠻荒地，再越過幾塊物產富饒的耕作區。要是搭乘火車前往，那麼不久之後，你必會從右邊窗口往外望，看見在懸崖峭壁下閃著粼粼水光的北海。往左側看，首先入眼的是各個古城遺留下的塔尖，接著是達拉謨①工業區上空一片黑壓壓的廢氣，沿著幾處河口，矗立著一座座巨大的造船臺。火車運來煤炭，傾倒在港埠的船塢處。

由於此地位於太陽早沈遲昇的高緯度地帶，旅途中夜色早早便降臨。然而火車還是一路飛奔，在昏暗中尖嘶長唳地衝過橋樑、越過河流，最後終於跨越特威特大河——這意味著你已將英格蘭拋在身後。

火車終夜奔馳，喀啦喀啦地經過幾個位於蘇格蘭低地的工業小鎮。在這兒，鍛鐵舖和熔爐燒出的火光，把黑夜映得比白天還亮，暗夜中，火車將會跨越數座宏偉大橋，載著你通過好幾個蘇格蘭人稱之爲「狹灣」的大河口。

到了早晨，火車依然飛奔，只是兩側的景觀已經迥異。一路上不再有黑煙罩頂的城市。相反的，你會見識到千百年來詩人歌詠不已的蘇格蘭風光。這一片土地景觀優雅明媚，黛綠的山巒、青翠的界湖，還有牧童們放牧的起伏草場，分布在這一塊大地上。

火車一程一程向前走，眼前的土地愈來愈荒涼，山陵越來越崎嶇，湖泊也被林地包圍得愈來愈緊迫。路程越走將會越偏僻，人們偶而可以望見一大片無際、甚至還有鹿隻漫遊的石南原。就這樣一路往前，直到北方陸地的極點。

到了那兒最遠的一點，就是魯德林公爵在蘇格蘭的大豪邸；石堆砌成的大屋佇立在海邊，眺望海中的薛特蘭群島②——在那一點一點奇岩怪石構成的陸地上生活是如此艱難，天候又是如此嚴酷，大自然似乎已將絕大多數的生命模式調節成一種嶄新的型態，以便在那兒殘存下來。狗和馬匹的體型也漸漸變得短小精悍，體魄卻又特別結實強壯，才能在這土地與氣候條件都令人卻步的地方繼續生存。

而此地——遙遠的北方——就是萊西的新家。在這兒牠受到細心的餵食與照顧。人們供給牠的食物是精選上品，每天有人爲牠梳髮刷毛修指甲，教牠最優美的站姿，以便將來能夠參加大型狗展，爲魯德林公爵和他的狗舍贏取好聲譽。

牠似乎明白反抗也沒用，只有乖乖耐著性子任由海恩斯愛怎麼擺佈就怎麼擺佈。只是每天下午一到接近四點時，體內的某種意念便會復甦，一股根深蒂固的習性對牠陣陣召喚。於是牠又用力抓扯籠舍的鐵絲網，或者朝圍籬猛衝一陣，想要跳出籠外。牠，未曾遺忘過去。

在高地清爽而有益健康的涼風中，魯德林公爵騎著馬跑下小徑，在他身旁則是騎著匹活潑小馬的普莉希拉。這匹小馬體型矮胖，一路彎著頸子，輕快地踩踩跳跳。

「用手！」公爵吼聲震耳：「雙手加點勁兒。現在輕輕呼喚牠。好手段！」

普莉希拉微微一笑。她知道爺爺自認為是所有動物方面的專家，因此騎馬時候非要一路不停加以指示、調教不可。但她也知道，事實上，爺爺相當以她的騎術為傲。

「這就是造物者之所以給妳雙手雙腿的道理。」他吼著說：「雙腿是策馬前進，雙手是收住馬勢的工具。騎馬全靠這雙手和雙腿！」

公爵挺直腰桿繼續做示範，但他所騎的那匹粗壯的灰鶩馬卻仍像平日拉著車時一樣緩步徐行。其實要是公爵能我行我素的話，縱使年紀老大，他仍會選擇精力最旺盛的馬匹；然而他那一大家子家人卻達成協議，一致限制他只能騎現在所騎那匹安全又沒活力的灰馬。普莉希拉也清楚這一點，所以她也就當他是趕著馬兒用小碎步拉風光的大馬車般對他點點頭：

「噢，爺爺，現在我懂您的意思了。」

公爵快活地昂首挺胸。因為，他實在很快活。他發現在自己的耄耋之年，已經難得遇到像小孫女這般令他打從心裏開心的人事，而這種祖孫倆共同在他北方領地上騎騎馬、散散步的日子，更讓他覺得於願足矣。

「瞧瞧這天氣！太棒啦！太棒啦！」

他帶著一份驕傲的神氣大聲嚷著，彷彿空氣中的氣味與太陽的溫熱全歸他魯德林公爵一個人負責似的。

「在這裏待一整個夏天；」他高興地宣布：「一整個夏天。然後在秋季裏回約克郡，到時候，我們將會一同度過更好的時光。」

「可是秋季裏我就要到外地就學了；我要到遙遠的瑞士去啊！爺爺！」

「瑞士！」

公爵暴吼如雷，震得普莉希拉的小馬四肢軟弱地向一旁連退了好幾步。

「但我非上學不可呀，爺爺！」

「胡說！」公爵大吼：「把女孩子家送到國外去上學——教她們像猴子似地嘰哩咕嚕說外國話。真搞不懂世上怎麼會有像外國語言那樣的東西——又或者就算有吧，但凡有點見識的人也不會願意稀哩呼嚕地說那些語言啊。對我而言，英語已經夠好啦。這輩子我一句別國的話也沒說過，不也順順利利過完大半生了嗎？」

「可是您不會希望我無知識地長大，對不對，爺爺？」

「無知無識！妳受的教育已經夠多啦。這種種摩登的鬼玩意兒——教一個女孩子家嘰哩咕嚕地用毫無品味、只有外國人才聽懂的語言說話就叫教育？依我說，它根本就是摩登的鬼玩意兒！在我們那個時候，都是用正確方式去教育人的！」

「爺爺，是什麼正確方式呢？」

「就是教妳如何持家嘛。在我們那時候，姑娘家都是被教導來盡她們的職責——好好掌理一個家的。如今人們腦子裏全裝滿了無聊東西。啐——現代教育。這些人全給長成一派傲慢無禮，動不動就跟長輩頂嘴，也不曉得要敬老尊賢，這就叫現代教育。妳反駁我——喂，我禁止。我不允許妳再有任何無禮舉動！因爲妳的確傲慢無禮，對不對？」

「是的，爺爺。」

「是的？是的？妳膽敢當著我的面說是。」

「我不得不這麼說啊，爺爺。您剛剛才吩咐我不許反駁您的話，要是我說不對，那不就是跟您頂嘴了嗎？」

「呼！」公爵長吁：「呼！」

然後他像打贏了一場勝仗似的，得意揚揚地捋捋他長長的鬍鬚，再低頭看著長髮鬆落在騎馬帽下、垂到緊身騎裝肩部的小孫女，輕咳兩聲、冷哼一下，然後捻捻鬍子、頷首微笑：

「妳是個無禮的小姑娘，不過妳將來很有希望。知道吧，妳和我當年像妳這般大年紀的時候像得緊。妳像我；真的像我。妳是我的翻版——全家唯一的一個！所以妳將來一定有希望。」

馬蹄噠噠地走進圓石子舖成的廄院，馬伕衝出來牽馬，這時公爵喘著氣大吼：

「喂，別抓馬頭。我討厭在我下馬時有任何人拉馬頭。我用不著任何人幫助也能完美地下馬。」

公爵一面暴躁地發脾氣找碴，一面站在旁邊等候普莉希拉放慢小馬輕快的步伐，帶牠進馬廄。

「好極了！」他欣欣然大叫：「一個女孩子一定要先懂得如何餵馬、帶馬入廄，否則是不能騎馬的。要是妳自己不懂得如何正確做好，就永遠沒資格告訴別人該怎麼做了。」

於是這位心情大悅的老人家和孫女相伴，沿著廄舍走向大屋。就在行經那座低矮的石材建築物時，普莉希拉停下了她的腳步。因爲石屋附近正是狗舍所在，每一間籠舍裏都有一條狗在狂吠亂跳——只有一間除外。關在這間籠舍裏的是條美麗的三色雜紋卡利犬。牠既不吠也不竄，只是頭朝南方靜靜站立，凝望遠方的穹蒼。

牠正是普莉希拉見過的那條狗。

「怎麼啦?又是怎麼一回事?」公爵暴躁地問。

「是那條卡利犬。爺爺,牠爲什麼被拴上鏈條?」

公爵猛然一震,雙眼緊盯著那條狗。一開始他毫無動靜,沒兩三秒鐘卻突然像吃了炸藥似的,吼聲大得足以讓狗舍和馬廄附近的人都以爲老天爺在打雷。

「海恩斯!海恩斯!那傢伙躲哪兒去啦!他人呢?」

「來了,先生。這就來啦!」隨著海恩斯的聲音傳入耳裏,他人也從另一頭快步跑來。

「是,先生。是的,先生。」

公爵猛然轉過身來高聲咆哮:

「喂,別老是從背後偷偷冒出來。那條狗綁著鏈條做什麼?」

「呃,先生,我不得不給牠上鏈條。牠老是抓鐵絲網。我都已經修了十幾次啦,可是每天下午牠還是照抓扯不誤。您吩咐過我一定……」

「我可沒說過要上鏈條。我的狗全都是不綁鏈子的——聽懂了沒?」

「是的,先生。」

公爵氣沖沖地猛轉過身來,差點一腳踩在普莉希拉腳趾頭上。這時她扯扯他的衣袖,於是他低頭看著她。

「爺爺,牠好像不太對勁。牠缺少運動。能不能讓牠陪我們散散步?牠好漂亮喔!」

公爵搖搖頭：

「親愛的，不能那麼做。牠還沒塑造成型哩。」

「造型？」

「沒錯；以便展示。牠有奪標相。要是我們讓牠跟我們一起到處跑的話，牠會——唔，身上的毛會亂，腿毛也會弄得一塌糊塗。喏，這可不成。」

「可是牠應該做點運動的，不是嗎？」

他倆注視著鐵絲網後的萊西。而萊西卻不理不睬地站在原地。彷彿自己是高高在上的女王，而他們不過是牠低低在下、根本望不見的小老百姓一般。

公爵捻著下巴：

「不錯。我看牠是可以稍微多做點運動，海恩斯！」

「在，先生？」

「牠需要散步。你負責每天讓牠好好遛一遛。」

「先生，牠會設法逃跑的。」

「給牠拴條皮帶哇，你這白癡！你親自帶牠出去散步，負責讓牠得到足夠的運動。我要那條狗保持最佳狀態。」

「是的，先生。」

公爵和普莉希拉轉身回屋。海恩斯望著他倆背影，直到兩人走遠了，這才粗魯地戴上帽子，一抹嘴，轉身瞪著那條狗：

「所以妳必須出去遛遛，對吧，貴婦人？好，我會帶妳散步；我一定會帶妳散步。」

但那狗對他的聲音同樣不予理會，依舊站在鐵鍊的末端凝視前方——向南方凝望。

①Durham：英格蘭東北角之一郡。

②the Sheltland：蘇格蘭之一郡，位於歐克尼郡島東北。

第九章　終於重獲自由

一切都是萊西的時間感促成的——那種潛存於動物體內，能夠精確告訴牠們一天之內某個時間的奇妙意識。

因爲在整天的其餘時段裏，萊西幾乎都會遵循牠從小接受的訓練聽從指令，在海恩斯叫牠時乖乖回到他身邊。但這時牠卻沒有。

事情發生在一次萊西乖乖跟在海恩斯腳跟旁去奉行「散步」命令的時候。牠的脖子上拴著皮帶；不過牠既不朝前掙，又不往後縮，所以海恩斯可以輕易藉由皮帶牽著牠走。牠就像所有接受過良好訓練的狗一樣，緊緊跟在海恩斯的腳邊，近得頭幾乎要碰到海恩斯的膝蓋。

事情都盡如人意、照著規矩來，唯有一件例外——海恩斯還在爲被迫親自帶萊西運動，以便讓牠身強體壯而記恨。他想回去喝茶——他還想讓萊西認清「誰是老大」。

因此，他突然沒來由地猛扯皮帶環。

「快走，行嗎？」他叱喝。

萊西覺得頸部突然縮緊，一時躊躇不前，心中只是微微感到困惑。訓練有素的牠很清楚自己的表現完全符合期望，只是這人顯然另有期望。至於他期望的究竟是什麼，牠一點也不曉得。

於是在那猶豫不決的一刻，牠放慢了自己的步伐。海恩斯注意到正中下懷，回過頭去用力扯著皮帶大吼：

「喂，快走。我叫妳快妳就快。」

萊西一聽那威嚇的語氣反而畏縮退卻，海恩斯又再次用力拉扯皮帶。這時，萊西做了任何一條狗都會做的反應：拼命抵住四肢、並且低下頭去抗拒拉扯，而海恩斯卻更加用力扯牠，於是那皮帶環便從萊西頭部滑脫開去。

牠自由了！

海恩斯發現皮帶滑走，馬上憑著自己的直覺——而不是狗的習性——採取行動。他撲上前去捉萊西。這委實是個天大的疏失；因爲牠立刻反射性地跳開以躲避他的捕捉。

海恩斯的行動只造成一個後果——清清楚楚讓萊西明白自己希望躲他躲得遠遠的。若是他用平常態度對牠說話，牠大概早就走近他身旁了。事實上，牠早已養成服從人類的習慣，只要他命令牠跟著走，牠很有可能真會乖乖隨他回狗舍。

海恩斯畢竟是個狗專家，足夠明白自己犯了一個嚴重的錯誤。若是自己再向前逼近，恐怕只會使得狗兒更加畏懼。於是他轉而採取一開始就該使用的方法，呼喚：

「來，萊西；快過來。」

萊西裹足不前。直覺告訴牠要乖乖聽話，但方才海恩斯那突如其來的一撲卻令牠記憶猶新。

海恩斯注意到牠的猶豫，於是提高嗓門，用一種他認爲應該可以引誘牠的哄騙口氣喊著：「好萊西；乖狗兒。好狗兒——留在那兒。來，別動。留在那兒。」

他半蹲下來，彈著手指以便吸引狗兒的注意，同時一吋一吋悄悄匍匐前進。

「來，站著別動。」他命令。

山姆•卡瑞克勞夫從小施予萊西的訓練此時似乎已經發揮效用。因爲儘管牠討厭海恩斯，卻又早已學會當人類對牠下令時，牠必須乖乖聽從。

然而，另一股自幼潛伏的衝動，卻也在擾亂牠的心緒——雖然只是隱約浮現。那便是時間感。它朦朦朧朧，在牠體內淡淡甦醒。牠並沒有像人一樣，能夠清楚地知道、理解、或對它加以思考。那只是一抹微弱的騷動。

這時候該是——該是——該是到……

牠看到海恩斯緩緩潛近，微微揚起頭來。

這時候該是——該是——該是到……

海恩斯一吋吋靠近。再過一下子，他就能接近到足以抓住狗兒——讓五指掐入牠那環密的頸毛裏，揪著牠，直到他再度把皮帶環套在牠頭上。

萊西盯著他，內心的騷動愈來愈清晰。

這時候該是——該是前往……

海恩斯全神貫注；萊西似乎能感受到他的動機，趕緊迅速倒退兩步。牠想要自由！

「你這畜牲！」海恩斯暴吼一聲，隨即察覺這個錯誤，馬上又恢復哄誘語氣。

「來，乖萊西。乖乖站著；別動；乖乖站著。別動喲。」可惜這時萊西根本沒注意他在說什麼，只是心不在焉地看著他慢慢朝前靠，大部分精神全集中於內心那股愈來愈清晰的騷動。牠需要時間。牠隱約覺得老是讓這男子碰著自己，牠一定會再度失望，於是急忙又往後退。就在這同時，海恩斯也撲了過來，萊西趕緊閃到一旁。

海恩斯惱怒地站起身，嘴裏說著安撫的話朝牠走來。萊西往後倒退，始終與海恩斯保持一段固定距離——一段所有動物所熟悉，對方突然進擊時無法一舉得逞的距離。

牠的直覺在警告牠：

「避開他。別讓他碰到我。因爲我還有——還有別的事。這時候——這時候該是——該是去……」

突然在刹那之間，萊西明白過來了。就像那指著四點差五分的兩根指針一樣，徹徹底底、完完全全地明白——

該是去等候男孩的時候了！

牠掉頭就跑——那輕鬆自如的步伐彷彿要去的地方只在幾百碼外，根本不曉得牠與男孩的會晤地距離這兒遙遙數百哩，不知要跑好幾天才能到。牠只是單純而清楚地知道有一個任務等待牠完成，而牠要盡所有能力做到。

可是這時，牠卻聽到海恩斯一路又吼又叫地在後面苦苦追趕。牠放慢腳步、不再飛奔；牠才不怕他哩。牠似乎斷定這兩隻腳的動物怎麼也趕不上牠，所以根本懶得加快速度。牠那倒豎的耳朵會告訴牠，海恩斯和牠距離有多近。除此之外，狗兒的雙眼也和絕大多數動物一樣，比人類的眼睛更貼近頭的兩側，因此，只要略略一側頭就可以看清背後狀況了。

萊西似乎並不擔心海恩斯，仍舊踩著均勻的步伐閒散地跑下小徑、越過草場。

一時之間，海恩斯心頭燃起希望，一顆心怦！怦！跳著。他以為——也許萊西會自動跑回狗舍。

可惜，又是牢籠、又是鐵鏈的狗舍並非萊西心目中的家；牠討厭那個地方。當海恩斯看見這頭卡利犬轉個彎沿著碎石子路朝大門跑，他內心的希望全破滅了。

不久，海恩斯的心又重新跳躍起來。大門是關閉著的，而府邸的「家」一帶所有的外牆又都是用高大陡峭的花崗岩所組成。也許他還是有機會逼牠回牢。

普莉希拉和爺爺騎著馬從漁村回來，在進入府邸的大鐵門前勒馬停步。

「爺爺，我來開門。」小女孩說。

公爵剛剛開口說著含糊不清地抗議，普莉希拉已經輕巧地溜下馬鞍。她知道自己上、下馬匹要比爺爺容易多了。因爲，抗議歸抗議，畢竟他是個老人家，即使是匹最安靜的馬，他要爬上馬背也得大費手腳，累得氣喘吁吁、呻吟不停。

普莉希拉把韁繩纏在手臂上挽著，拔開門拴，用她全身的力量去推那厚重的鐵門，讓它緩緩往內開啓。

就在這時，她聽到了腳步聲。抬頭朝小徑一看，海恩斯正往這個方向衝過來，而那條漂亮的卡利犬也在他前方奔跑。海恩斯邊跑還邊大叫：

「關上大門，普莉希拉小姐！快關大門！那條狗脫逃了，別讓牠跑出去！快關門！」

普莉希拉打量一下。大鐵門就在她面前，只消她動動手、把它推回原位關好，萊西就會被擋在府邸範圍內。

她抬頭仰望祖父；他對這場騷動渾然不覺；耳背的他並沒有聽到海恩斯的高呼。

普莉希拉開始動手推大門，最初那一剎那她使盡了全身力氣，不一會兒，就在這一瞬間，她遺忘了眼前的工作，腦海中只浮現一幅畫面。

那一幅畫面裏有個只比自己高一點點的男孩；他站在一間狗舍的鐵絲網旁對著他的狗兒說：「要永遠住在這裏，把我們忘了——千萬別再跑回家。」此刻她忽然明瞭當男孩說出這番話時，內心的每一分意念都在呼喊著相反的意思。

她站在那兒，腦海中縈繞著那幅畫面，耳朵裏彷彿又清楚地聽到男孩在叮嚀那些話語——她還沒有關住大門。

她的祖父也曉得一定出了什麼他那一身老邁的器官無法掌握的事，還在那裏大發脾氣，而海恩斯也還在尖叫！

「關上大門，普莉希拉小姐。快關門！」

普莉希拉遲疑片刻，然後飛快把門推得大開，隨即一團東西旋風般地從她膝前颼過。普莉希拉朝大馬路上看，只見那狗兒彷彿知道還有好長、好長一段路要走似的，邁著勻稱的步伐向前慢跑。於是她揚起手來，柔聲呼喚：

「再會了，萊西。再會，祝你——好運！」

馬背上的公爵並沒有望向路上的大狗，而是瞪著他的孫女，咬著牙說：

「哼，可惡！可惡！」

第十章　漫長旅程的開始

萊西跑到馬路上時，暮色正漸漸轉濃。牠放慢了速度，腳步顯得有些踟躕，立定腳跟，扭頭望著來時的方向。仰著頭，心中茫然不知所措。

這時，那股時間感的牽引逐漸離牠而去。狗和人類不一樣，對於地理位置和距離長短毫無概念。這個時刻，萊西早該遇見男孩，牠倆應該正再度走在回家的路上——回家吃飯。是吃飯的時候了；多年來的規律告訴萊西。回到狗舍裏，必定會有一大盤精美的牛肉和飯菜擺在面前。但回到狗舍，也少不了一條把狗兒綁成囚犯的鐵鏈在等著。

萊西遲疑地站在街頭，慢慢地，另一股意念在牠內心甦醒。那是回家的意念——存在於動物體內所有本能中最強烈的一種。家，不是牠剛剛離開的狗舍。家，是牠躺在火爐前，有人聲，有溫熱，有輕撫著牠將要前往的地方。

回到真正家園的欲望在牠心頭燃起。牠仰起頭，嗅著風中的氣味，彷彿在探詢旅程的方向，然後當機立斷地撒腿奔向南方。此刻，牠渾身上下無不感到快意舒暢，因爲牠的內心一片安詳。牠就要回家了！牠好快樂婀！

沒有人可以告訴牠、牠也無從明瞭這個企圖幾乎毫無實現的可能——牠必須在荒野中跋踄數百哩——一趟絕大多數人類絕對無法徒步到達的旅程。

有許多事情是狗兒無從知曉的，但牠們很可能藉由經驗得知。

萊西快快樂樂出發了。旅程已經開始。

在北方漫漫黃昏的最後片刻，兩名男子坐在他們的小屋外。就像羅列於這條狹窄老街兩旁的其他小屋一樣，屋子的外牆厚厚地裹著陳年的白石灰。

身穿粗布衣服的年長男子小心點燃他的菸斗，揚起頭、悠遊自得地抽起菸來。他看著縷縷白煙在昏暗的暮色中繞著圈兒散去，沒多久，身旁的年輕人突然用力握住他的手臂。

「伍力，看那邊！」

伍力朝他手指的方向望過去，在暮色中凝望好一會兒才瞧清楚些——有條狗朝這個方向跑來。

穿著燈芯絨褲、腳綁綁腿的年輕人站起身來，說：

「看起來像條好狗唷，頭兒。」

「嗯，小礦工——是條出色的卡利犬。」

他倆的視線隨著狗的奔近而轉移，忽然那名年紀較輕的男子激動地說：

「天啊，頭兒，牠好像是大地主家那條純種卡利犬啊。沒錯！我敢發誓。前兩天我上山去找馬克費聊鮭魚季的事時才看過牠。牠一定是要逃跑；絕錯不了……」

「哦，那就表示……」

「沒錯，找到的人有……」

「有賞哇！」

「嘿！」

年輕人話沒說完就往街上衝，攔住狗兒的去路。

「來，小姑娘；過來呀！小姑娘！」他召喚著，同時輕拍膝蓋以示友好。

萊西仰頭望著他。牠剛剛聽到一個和牠的名字好相像的聲音：萊絲（小姑娘）。要是那人一開始就信步走到牠身旁，說不定牠會任由他把手放在自己身上。但萊西一看他飛也似地衝過來，就猛然想起海恩斯，連忙稍微拐個彎，睬也不睬地從他身旁跑掉。那人朝牠飛撲而去。

爲了擊敗對手的攻勢，萊西像個足球明星般伏著身子往前衝刺，在飛躍幾步之後，重新恢復堅定的小跑步。

然而那人卻一直追著牠跑到村子裏的街道上。萊西加快速度，以穩健的步伐飛奔向前。對方愈是追逐牠，牠就益發堅定信念，絕不能讓任何人的手碰著牠。對於一條狗，追拿牠只會促使牠逃得更快。

這蘇格蘭人看清靠速度自己根本不可能追上那條狗之後，暫時停下腳步，撿起一顆掉落路上的燧石，心想：他可以用力將石頭拋到萊西前方，如此一來，下墜的燧石說不定可以阻止牠繼續往前跑，掉頭奔回自己這邊來。

他將手臂高舉向後，用力拋出石頭——準頭太差了；石頭差點砸到萊西的肩膀。萊西活像匹訓練優異的馬球神駒般，即使是在石頭落下時，牠也能巧妙地改變奔馳方向拐入壕溝內，腹步貼地，以驚人的速度飛竄。壕溝的一壁有道缺口，萊西閃入缺口中，飛快地自路面消失，不久，就從那缺口竄入荒僻的鄉間。

一到鄉下，牠又馬上轉向南方，恢復均勻的步伐前進。

不過現在萊西學會一件事了——牠必須避開人類。基於某些莫名其妙的理由，人們帶給牠極大的威脅。他們的聲音憤怒而粗暴、動輒大聲咆哮並且亂砸東西。人們身上帶著脅迫威嚇；因此，牠必須離他們遠遠的。這念頭牢牢扣在牠心頭——萊西在牠旅程的第一天，已經學得牠最基本的教訓。

第一個夜裏，萊西規律地向前走。五年的生涯中，牠從未在黑夜裏單獨外出過。因此眼前除了牠的直覺，沒有任何訓練可以協助牠。

幸而牠的直覺機警而敏銳。在夜色中，牠從容地沿著一條小徑穿越整片長滿石南的土地。

這條小徑使牠內心洋溢一股溫馨的滿足；因爲它是通往南方去的。牠自信而堅定地沿著它輕快奔跑。

最後牠來到一處斜坡，在腳底的山谷裏，牠看到一座座農舍模糊的輪廓。猝然間牠煞住腳步，兩耳向前倒豎，鼻尖陣陣搐動。就像人類可以藉由書本瞭解許多事物一樣，牠那精準無比的嗅覺與聽覺也可以清清楚楚地探出底下那片地方的居住狀況。

牠分辨出那一座座倉庫內有馬匹、有羊群、有另一條狗、有食物、有人類，於是小心翼翼溜下山坡。那食物的香味真是誘人；牠已經好久沒吃半點東西了。但牠知道自己一定要謹慎，因爲山坳之下除了食物之外還有人，而牠務必避開人類的想法已經愈來愈堅定。

牠靈敏地跑下山徑，突然聽到另一條狗挑釁的吠聲。牠聽得出對方正朝著自己跑來，於是站在原處等待；也許那是條友善的狗哩。

可惜對方並不是。那條狗兩耳伏貼、鬃毛直豎，飛也似的衝上小徑。萊西蹲伏身子迎接牠，而那狗卻是飛撲而上，萊西趕緊閃到一旁。對方回過頭來，暴怒異常地高聲狂吠。那聲調彷彿在宣告：「這是我的家；你是入侵者。這是我的家，我要保衛它。」

這時，山坳裏的農莊內傳來低沈的人聲：

「泰米，怎麼回事?別叫啦！」

萊西一聽到人聲馬上轉身跑開。這不是牠的家；在這兒，牠是條無家可歸的狗。

在萊西撤腿離開時，那條毛色參差的牧羊犬仍然緊追著牠不放，吃力地追逐在牠身側。牠飛快轉過身來，咧嘴作勢。這個威脅的舉動大概真的奏效了，那條老牧羊犬緩緩抽身而退。

牠邁著穩健的步伐向前奔跑，不一會兒就將農莊拋在身後，循著動物奔走的小徑越過荒涼的鄉村。好不容易，牠終於在沮喪中嗅到水的氣息，隨即找到一條冰冷的小溪，貪婪地痛飲溪水。東方的天色漸漸轉灰，牠環顧四周，找尋過夜的地方。

牠用前爪在一塊岩石旁輕輕刨了幾下，三度回頭張望後才蹺身躺下。在牠背後有巨石突出的部份可以遮蔽屏障，因此牠將頭部朝向外側。如今，即使是在睡眠之中，牠的鼻子、耳朵也時時刻刻對任何逼近牠的危險保持警戒。

牠頭枕著前爪、呼呼入睡。

第二天一大早，萊西再度上路。牠不疾不徐地向前奔跑，漫長的旅程中無論上坡、下坡，全身肌力配合不變的規律收放。既不停頓，也不遲疑。只要看到通向南方的小徑，牠就會循路前進。若是中途拐了彎，牠便離開小徑，遵循動物行走的小徑穿越濃密的石南叢與灌木林。

遇到通向城市或農莊的小路，牠會悄悄躲開，繞過住宅區外圍以避開人類。因此，一到有人居住的地方，牠總是像幽靈一般盡可能借助每一片林地的掩護，機警而本能地閃身掠過。

一路上，牠走的絕大部份是上坡路；因爲前方就是一大片綿延的黛青山脈。牠正確地朝著地勢最低的地方走；那裏會有個貫通山前山後的狹口。白晝漸漸流逝，萊西的路也愈走愈高。天色變得昏昏暗暗，雲朵的顏色黑得像鉛一樣。

這時天際突然閃過一道電光，繼而雷聲大作。萊西裹足不前，機伶伶怒聲哀嚎——牠被嚇壞啦。

像這種轟隆巨響，很多狗兒根本不放在心上，好比許多屬於各個品種的獵犬，牠們最高興的莫過於聽到槍聲響起。但卡利犬不同。也許是因爲長久以來牠們一直是人類的夥伴，早已熟知這種暴烈的聲音很可能意味著傷害即將來臨，而噼啪的槍聲更會讓大多數的卡利犬倉惶奔逃，尋找隱藏的地方。牠們寧可面對其他仇敵，也不願面對那響聲中所夾帶的未知險難。

所以萊徬徨了。轟隆隆的雷聲在群山之間陣陣迴盪，狂暴的北蘇格蘭暴雨也傾盆而下。萊西與內心的驚駭抗爭許久，最後還是抵擋不住那股懼怕。牠快步通過一處滿佈鵝卵石的地方，來到一座在好幾塊懸出半空的岩石遮掩下形成的乾爽洞穴，在恍如連串槍砲之聲的滾滾雷鳴中背倚岩石、蹲伏在地。

但牠雖然中斷跋涉，卻沒有耽擱太久。當暴風雨夾著雷聲掃過群山邊緣後，牠立刻站起身來，靜立一、兩秒鐘，拉長脖子，向輕風探詢天候狀況。然後牠踩著那規律的小快步，再度邁向牠的旅途。

這時，大雨和飛濺的泥土已將牠那一身高貴漂亮的毛濺得泥濘斑駁，但牠依舊穩健地邁步向前，前往南方。

第十一章　為生存而奮鬥

最初四天，萊西只在夜裏短暫地歇息，從不暫停片刻。向南奔跑的強烈願望像火般在牠的胸膛燃燒；沒有任何念頭可以取代。

到了第五天，一股新的需求在啃嚙著牠的知覺——那是飢餓的呼聲。剛開始，那股呼聲一直被趕路的指令排除，此刻它卻怎麼也不肯退開。

從小接受主人保護的牠雖然可以輕而易舉找到溪流止渴，卻無法克服取得食物的難題。自牠有記憶以來，食物的事從來就不歸牠負責。每天固定時候，自然有人用盤子把飯菜盛來擺在面前。主人細心地教導牠那盤食物是牠的份，要牠絕不能亂吃放在別處的任何東西。年復一年，這道訓示早已深入牠的心。食物不歸牠負責；它是由人供應。

可是現在，打小接受的管教和訓練突然一下子全不管用了。每天下午，不再有人來擺餐盤，而這條高貴漂亮的狗兒還得學習生存之道呢！

萊西找到了生存之道，但並不是像人類一樣經由思索而領悟。人類擁有想像力，可以在還沒遇到事情前先行設想可能碰上的事件與狀況。狗兒做不到這一點。牠們只能盲目地等待狀況來臨，再盡牠們的全力面對、解決。

那麼萊西是怎麼學會餵飽自己的呢？

牠擁有動物普遍存在、而人們或許也曾擁有、只是不復保存的特長：直覺。

憑著直覺，加上自己過去經驗累積下來的教訓，動物們也能設法得到人類經由理解能力所獲的結論。

萊西之所以日復一日朝著相同方向前進，憑藉的就是牠的直覺，而過去的經驗則使牠學會對人類敬而遠之。如何避開人們視力所及的範圍全靠直覺——直覺告訴牠要循著峽谷、山澗前進，要腹部貼地偷偷溜開；直覺指示牠找到食物。

踏上旅程的第五天，牠踩著輕捷的步伐繼續前進，這時，牠的五官開始向牠示警。牠停在貫穿野石南叢的殘敗獸徑上，繃緊全身，伸長頸子。牠的眼睛、牠的耳朵、牠的鼻子，都在解讀那些微弱得人類根本不會察覺的訊號。

首先解開那個謎的是牠的嗅覺；牠嗅到一股溫熱、濃郁的味道——食物的味道。

從小養成的習慣催促萊西公然朝氣味飄來的方向跑；但那習慣卻被直覺壓抑下來。牠伏低身子、迎著氣味朝逆風方向匍匐前進，並悄悄穿越石南叢，一小步、一小步慢慢推進。這時，牠突然在小徑上看到刺激鼻子發出警報的對象。那是一條黃鼠狼；牠拖著一隻剛剛撲殺的兔子，像蛇一般的身體一起一伏地自小徑迤邐而下。那兔子的體形比黃鼠狼還大得多，然而這精悍短小的獵殺者依然以驚人的速度拖著牠的獵物前進。這時，黃鼠狼的五官也向牠發出警訊了。牠連忙扔下獵物採取緊急防衛行動，轉身面對威脅者，露出兇殘的銀牙，狂暴地發出一聲刺耳的厲叫。

萊西低著頭、目不轉睛地盯著黃鼠狼。牠從沒見過這種動物，而卡利犬更不像獵狗一般，只要見到嚙齒動物，就會迅雷不及掩耳地撲過去。牠是被養來工作的狗；性情平和的狗——然而潛存的本能依舊驅使牠上陣。

牠頸部膨鬆的鬃毛緩緩豎起，嘴角向後咧開、露出牙齒，兩耳伏貼在頭側，兩條後腿夾緊並立。

但牠才一撲上前去，黃鼠狼就彷彿知道那將是生死交關的一刻似的，尖叫著飛竄到一旁。牠以電光火石的速度，像流水般悄無聲息地迅速穿過糾葛的石南叢溜走。萊西轉身注視著牠，注意力卻已轉移到別的東西上——陳屍小徑上那隻兔子溫熱的血腥味。

牠端詳那兔子大半天，然後走近前去，謹慎戒懼地垂下頭去，似乎隨時蓄勢待發。因爲儘管食物的血腥味對牠產生誘惑力，黃鼠狼的氣味卻也還逗留在附近。牠小心翼翼地把鼻子往前湊，直到鼻尖碰上這才剛送命的獵物。牠抽身後退，繞著牠兜幾圈後又欺身上前，垂下頭、叨起兔屍。再度揚起頭等待，彷彿在這片杳無人煙的荒野中，牠正預備著，耳邊突然響起主人的呼聲：「不，萊西！扔掉牠！扔掉牠！」

只是四下依舊無聲。

牠猶豫不決地呆站了將近半分鐘，這才叼著兔子、左顧右盼向前跑。不久，牠看到內心期盼的目標——一片茂密得在荒山野地中形成天然獸穴的金雀花叢。牠走到花叢下盤緊身子，以便減少腹背受敵的機率，然後蹲在地上，將兔子扔在面前，再一次嗅著牠。味道真好——這是食物。

從此，牠又獲得了一項新見識。牠已經熟悉兔子的氣味，而直覺還告訴牠別的。在牠漫長的旅途中，只要牠那敏銳的鼻子嗅到附近有獵物，牠就會扮演殺手的角色。牠偵察方向，衝過去捕攫對方、然後吃了牠。那是自然界的理性法則。牠不像人類那樣動輒任意獵殺。牠只攫取足夠賴以維生的獵物，此外絕不胡亂殺生。

這樣的食物正好只夠維持生存，但能維持生存也就夠了。現在附近再也沒有精明的眼睛盯上萊西、注意牠的重要性、細瞧牠牙齦的顏色、打量牠長毛的品級，也沒有人會說：

「牠瘦了好幾磅——多給牠飯菜裏拌點牛肝吧！」

「牠好像不太對勁——我看明天早上最好給牠一碗牛奶。若是牠肯吃，就順便給牠打顆生蛋吧。」

「呃——牠的牙齦顏色不行唷。我看牠最好每天吃口鰵魚肝油，好讓牠恢復健康！」

現在牠再也不是一條受盡種種嬌貴照顧、每天夜裏躺在乾爽狗舍裏的狗兒了。相反的，牠的腿肉消瘦緊繃、長毛骯髒凌亂、腰腹和尾巴沾惹了許多芒草、棘刺。但牠依舊是條長期接受愛心呵護的狗兒，完全不知生病爲何物。而這些年來的照顧，此時正大大發揮功效。因爲有了強壯的骨骼和結實的肌肉，牠才得以每天一哩又一哩地長途跋涉。

牠元氣充沛、直覺精確，日復一日在一片片高地間穩健地向南走。越過羊齒地、石南叢，穿過丘陵、平原，橫越溪流、林地——永遠邁動勻稱的步伐，永遠向南前進。

第十二章　畫家所見

時節漸入褥暑。雷斯利・弗立茲懶洋洋地仰躺在划艇的船首，愜意地抽著菸斗，看煙氣淡淡地溶入早晨的涼風吹向船尾，馬克班正在船尾吃力地操槳。

「馬克班先生，換我坐船尾的話會好多啦。」弗立茲說。

「才不，弗立茲先生，我告訴過你，它走得更穩了。」操槳手反駁。

弗立茲悠哉游哉地抽他的菸斗，反正今天一天是別想摸到船槳了。跟這些頑固的蘇格蘭人真是有理也講不通。不過，既然馬克班先生要他待在船首……

壯闊的蘇格蘭景觀盡入弗立茲眼底，他的心情正快活。在雷斯利・弗立茲心目中，一個個海灣——大不列顛漁民的歡樂漁場——另有其他意義。它們的美長久以來一直備受蘇格蘭人珍視，同時也深深吸引著英國畫家們，而雷斯利・弗立茲正屬於那群對於移動於遼闊水面和染紫山陵間、時時刻刻變化莫定的光影永不厭倦的畫者之一，每年夏天他必定舊地重遊，來此作畫，並且重拾與馬克班夫婦純樸的連繫。而對方也必定固執地招待他回到他們的小屋，並撥出他們舒適的石造倉房供他做畫室。

於是，當天他怡然自得地躺在船首，直到划艇停泊在一座小島的砂礫海濱上。弗立茲協助馬克班卸下裝備、畫架、畫布、金屬畫具箱，自行擺好畫架和摺疊椅，偏著頭端詳未完成的畫作。

「喂，我中午回來接你。」馬克班說。

「好極了，馬克班先生。這幅畫我得花上好幾個鐘頭。你看會不會有好成績？」

馬克班遲緩地走到一處有利的觀察位置，開始瞇著眼、偏著頭來回打量。好幾個漫長的冬季，在海灣旁的小客棧裏，只要有需要，馬克班都會不惜耗上幾個鐘頭去與人爭論他的弗立茲先生是全英國最偉大的風景畫家之一。在他面前，他對所有的荷蘭畫派、法國畫派人物都會崇敬有加──只要他們仍能活到今天、向他致敬。但一旦這位藝術家在場時，馬克班卻絕不容許自己洩露半句自己深信不疑的偏袒言論。

「好吧，既然你問起，坦白說，我覺得它有點過份炫麗。那水畫得太狂暴了些，並且誇張，我也沒看過沙洲有那個顏色──還有你的雲畫得真嚇人。不過，我想別的應該很出色吧。」

雷斯利・弗立茲聽了微微一笑。他早已習慣馬克班的批評，甚至相當重視這些評論。因爲頑固的蘇格蘭人對於這片潔淨美好的國度具有良好的欣賞和評斷力。因此弗立茲點點頭，視線由畫布移向天然景物，幾番來回端詳。他心中想著這是多麼寂靜啊！除了水波輕拍岸邊的划艇底部，四下沒有任何動靜。沒有任何動靜——只除了……

他遮著眼睛張望。

「馬克班先生，瞧那邊——是隻鹿嗎？」

蘇格蘭佬順著他手指的方向望去，以日光搜尋北方大陸的海岸，兩道沙色濃眉壓得低低，彷彿要爲底下的灰藍眼睛遮擋烈日般。

「是鹿嗎？」畫家反覆詢問。

馬克班一語不發地搖著頭。他那隻習於戶外觀察的眼睛要比那英格蘭人銳利多了。

「唔，絕不是。」他突然失聲說。

「那是什麼？」

「是條狗。」

馬克班老人用手遮著扎眼的陽光，畫家也是：

「沒錯；現在我看清楚了。」

弗立茲滿足他的疑問後，似乎有意把心思轉回畫作上，但老人家依舊定定凝視遠方，他的專注使弗立茲也跟著轉回注意力。

「是條卡利犬。」馬克班說：「奇怪牠怎麼會……」

「噢，也許是打附近哪裏來的——是條農家豢養的狗吧。」

馬克班搖著頭，定定凝視前方。他看見那條狗跑到水邊、涉水幾呎後退回原處，沿著岸邊跑了幾碼，再度嚐試涉水。這樣的動作一直重複了好幾次，彷彿牠終必會找到某處湖水已消、腳下乾涸的地點似的。

「天哪，弗立茲先生，牠好像是在尋找渡水的辦法。」

「也許牠是想隨我們到島上來吧。」

「不！牠是想渡湖。」

這時那狗彷彿是要掃除他們所有疑惑似的，發出一陣暴躁的哀鳴——是那種狗兒發現自己被某種牠所無法理解的東西所阻攔時，經常發出的一連串短促高揚的嚎叫。

「嗯，牠想過湖。」馬克班重複表示。「我看我把船划過去……」

他邊說邊走到湖濱、撐高船首。船槳扣在槳架之中怦怦響，聲音劃破了寂靜無邊的湖面。

就在這時，雷斯利．弗立茲看見那條狗抬起頭來，轉身就跑。

「馬克班先生，牠要跑掉了。」他大喊。

馬克班抬頭一看，直起身子，兩人一同注視著那條卡利犬折入矮樹叢下。他倆只能偶而一瞥那狗兒的身影，知道牠正踩著均勻的步伐沿著湖畔向西方去。此刻，牠彷彿已經下定決心，腳步踩得信心十足。

「這會兒牠上路啦。」馬克班說：「好傢伙——牠得有好長一段路要走哩！」

「你是說牠打算繞過這個湖岸？喂，那可是不知道要走多少哩……」

「起碼也要將近一百哩路才到對岸。」

畫家帶著幾分不敢置信瞪著老人家：

「你的意思是單單只是爲了繞到湖對岸，一條狗會走上一百哩路。噢……」

弗立茲話沒說完就破口大笑，但馬克班的語氣卻使他停止笑聲。

「弗立茲先生，卡利犬是道地的蘇格蘭狗，天生就具有這片土地的勇氣與不屈不撓的特性。」

弗立茲聽出馬克班的語氣隱隱含著譴責之意，心思轉到別的問題上：

「馬克班先生！」

「嗯？」

「您想牠爲什麼要過湖？何必這麼辛苦呢？」

馬克班靜立良久，開口說：

「誰又能確定呢？大概只有一個可能。牠有任務要到某個地方去，而又不願向任何人求助。這……」

馬克班轉身爬到他的划艇上，接著說：

「……足以做爲我們遵循的好榜樣。」

弗立茲暗自微笑，這頑固的蘇格蘭老人向來有個習慣，硬要把種種天生自然的事情，轉化爲人類行爲上的嚴肅課題。他將心思移回繪畫上，漫不經心地用眼角餘光回送馬克班先生划船過湖，船影愈來愈小，只留他獨自在島上作畫。

直覺就像鳥兒的航行一樣，它們的航向是一條條無止無盡的直線。

因此萊西在強烈的回家願望下，一直以幾近一直線的方向，朝遙遠的南方那座格林諾橋小村莊努力前進。偶而在遇到前方有城鎮或無法通行的高山阻隔時，牠會繞個彎、轉條小路走，然後回到直覺中往南的路線。就這樣，在歷經日復一日、永無休止的疲憊旅程後，牠已越過整片蘇格蘭高地。而路線始終都維持在一直線上。

但牠無法預見前方的地勢，更不曉得憑直覺回家的直線路程中，會遇到牠無法通過的蘇格蘭大湖泊。

像這一類障礙物，人們可以從地圖上一目瞭然。因爲它們是一汪汪體積龐大、幾乎貫穿東西、把整片地區一分爲二的長形水域。雖然在地圖上看起來不過像手指頭般細，事實上卻遼闊無比，一般動物根本休想游泳到對岸。因爲儘管它們在圖面上看起來是那麼狹窄，對岸卻往往遠在人們的視線所及之外，或者最多也不過是他們眼中一條淡藍的細線。

不錯，湖海是可怕的障礙。人類可以駕著船、划著小舟渡湖泊、海灣，動物卻不能。

是的，萊西站在大湖岸，牠並沒有放棄自己的目標。直覺告訴牠要往南方走。不過如果路途受阻，牠會另尋出路。因此，牠開始展開繞行湖泊的漫長旅程。日復一日，牠吃力地向西行，遇到村莊、小聚落就繞道前進，但在繞過之後，一定回到湖邊繼續賣力朝西走。

有時牠感覺似乎已經繞過了障礙物，眼前道路暢通無阻。這時萊西就會邁動牠堅定不移的步伐，輕快地朝牠嚮往的南方奔去，結果那道路卻往往只是塊凸出的岬角，走著走著便通往水中。而萊西也總是走到最南的一點，涉身水中，這才望著南方，疑惑不解地嗥叫一聲。然後牠必須轉回頭向北跑回岸邊，再一次邊往西走邊尋找正確的道路。

跋涉過十幾個湖灣、岬角，經歷過一次又一次的失望，在雷斯利・弗立茲和馬克班見到萊西的一週之後，牠仍舊繼續努力朝西走。而那又大又長的湖泊也依舊向內陸延伸，形成牠所無法瞭解的天然障礙物。

第十三章　傷病之犬

萊西跑出灌木叢來到湖畔。此刻牠移動的速度比起原先慢了許多。因爲牠的腳趾又腫又痛，而右前腳腳趾間那塊被利刺扎傷的脆弱薄膜也在化膿。此外，牠也不再昂首挺胸，前進的步態也不再那麼自信從容了。

有的時候，牠似乎常常忘了自己爲何踏上這段無盡的旅程。不過這種情形絕不會持續太久，像現在牠就恢復穩健的步伐，同時加快速度以便減輕腳趾所承受的壓力。牠滿懷希望地扭過頭來，因爲現在，在牠左邊終於不再是無法通過的大湖，寬廣的水面已經窄化成一條河流。不過那是一條流經處處岩石的河床、水勢湍急難渡的河流。

萊西來到水邊，再度扭頭朝西望。但在離牠不遠處就是一個城鎮。鎮上的一座小橋頭有不少男孩在釣魚、呼喊，空氣中充滿了他們的叫嚷聲。萊西對人類依然深懷戒心，站在河畔定定地凝望著他們。

接著，牠再度注視眼前潔淨、跌宕的河水。它那冷冷的沖激、喧囂聲在牠耳裏聽來很是不舒服。儘管如此，牠依然僅僅遲疑一下就大膽縱身一躍，盡可能往河對岸的方向撲。

入水之後，河流沖得牠像從飛快車上被扔下的紙張一樣——紙張被風挾著跑，而萊西的身體也被滾滾河水挾著往下游沖。河水的力量沖得牠東跌西撞，不過最後牠還是浮上水面，開始奮力向遙遠的對岸游，伸長了頸子，四隻腳穩健地划著，將自己的身體向前推進。

在水中，牠一次又一次被急流沖得打滾翻，被漩渦淹沒整個身子。但每一次那神奇的方向感總是不至棄牠而去，只要牠一翻過身來就會繼續奮力往正確的方向游，朝著南岸的河堤前進。

但此時，河水卻帶著牠往村莊的方向去，橋上的男孩都看見河中有條狗兒被河水沖得直打轉。他們大喊大叫，帶著年輕人時而不受規範的殘忍性情，撿起路基上的石子朝牠扔。當牠的身體在橋下打轉時，孩子們也跑到橋對岸的下游方向繼續他們無情的拋擲。

萊西還在奮鬥不懈。現在牠總算越來越靠近對岸了。底下有片小瀑布。牠的四條腿都在努力划著，但它們的力道不夠大。強勁的水流擊中了牠，牠覺得自己被拋到空中連打好幾個轉。無情的湍流令牠的身軀撞上岩石，一股刺痛就像火般熱辣辣地沿著牠的腰腹燒。水流再將牠往下撲，之後牠便消失無蹤。

橋上的男孩眺望著河流下游，發出一陣幾近瘋狂的歡呼，其聲勢恐怕可以直通當年荷瑞修斯跳入臺伯河那鴉雀無聲的一刻前，塔斯肯尼軍隊所發出的勝利呼聲吧。接著，他們安安靜靜地站在橋頭，凝視橋下翻騰的河水。終於，在幾乎已經無望的一刻，橋上再度揚起高呼聲。瞧，就在河水逆流處，萊西的頭又一次冒出水面，四條腿也還在賣力地划動著。此處水勢平靜無波，萊西完全可以自如地拼足全力掙扎、游泳、划水，總算能夠登上河岸，腳踏泥土。浸透牠那身長毛的河水似乎沈重得令牠難以負荷，一開始萊西顯得搖搖欲墜，疲憊的肌肉也像快要軟癱了一般。

牠開始抖落身上的水珠。只是現在，牠生平第一次懂得警覺危險的到來。大隊男孩正帶著震耳的歡呼衝下河岸。萊西鼓起全身僅餘的力氣站挺身子，等不及甩落身上的水，也不因爲前腳的舊痛或腰側像火一般熱辣辣燒著的新創傷稍作耽擱，全心全意只想著一件事情。

牠終於過河了。經過無數個憑仗頑強的方向感指引的疲憊日子，牠終於可以暢行無阻——暢行無阻地往南。障礙已經通過啦！

牠猛然跌跌撞撞地撒腿往前衝，身後孩子們的喧嚷沒多久便消失了。

現在萊西好不容易繞過了大湖的阻隔，袪除幾分緊張，繼續往內心嚮往的方向前進，村莊和大叫大嚷的男孩們沒多久工夫便遠遠落在後頭了，牠的步伐也由疾馳飛奔恢復爲輕鬆自如的優雅慢跑。

腰腹疼痛和前爪的創傷萊西絲毫不以爲意，只要盡可能配合傷勢去調整牠的步伐。

很快地，牠已經把大馬路拋在身後，折入穿越草場、平地的小徑。日落時分，牠仍在賣力向前跑，彷彿在經過這麼多天向西行進的日子，好不容易終於能再往南推進，牠無論跋涉多久、多遠，都還不足以滿足內心那股催促似的。直到夜幕已然低垂，牠才在一處田野圍牆外密密的金雀花叢下佈置棲身的巢穴。

牠緊密地貼地躺著。花叢之下全日不受陽光炙曬，地表的涼氣讓牠腰窩下火燒般的痛楚變得舒服多了。牠舔著前掌，想用舌頭舔走那刺在兩隻腳趾間的尖刺，努力了將近一整個鐘頭，結果那根刺依舊停留在原地。

牠像個疲倦的人那樣歎口氣，伸長受傷的前腿，頭枕著那條腿閉上眼睛。

第二天，天還沒濛濛亮地牠就醒來了，打個呵欠、想要站起來。牠的前腿是撐上來了，後腿卻動也沒動。牠對這既陌生又叫人困惑的情形似乎驚訝，呆坐了一下，才又繃緊肩頭的肌肉，使勁撐起身體，沒多久就掙扎著站穩了。然後往前踏一步，再靠著一條健全的後腿蹬一步，另一條後腿則是完全使不上勁。

昨夜一夜裏，牠腰間的傷惡化不少。在翻騰的河流中撞上岩石那最後一擊，撞斷了牠一條肋骨，另外兩條後腿的肌肉和關節也嚴重瘀傷，現在這些部位幾乎已經無法行動了。

萊西一瘸一瘸地在金雀花蔭下轉個身，隨即重重倒在地上，蹭起身體靜靜地臥著，兩眼透過無數枝梗、捲鬚的縫隙向曙光即將初露的田野。直覺告訴牠，牠再也走不動了；牠必須留在原地。

當人類生病受傷時，他們往往刻意露出自己的傷處、向人叨絮自己的病痛，以便讓人瞧上一瞧、好好安慰他們。這跟在自然狀態下生存的動物正好相反。牠們不但不會向外界乞求憐憫，反而把所有虛弱、傷病視為奇恥大辱，一定要獨自躲到隱蔽的角落，直到傷痛消失——無論是因為復原或死亡。

這股壓力支撐著萊西躲入金雀花叢下深密的巢穴裏。奔往南方的渴望不時折磨著牠，但受傷期間必須隱匿起來的動物守則卻壓伏了那股熱望。

牠躺在花叢下躲藏好幾天，兩眼晶亮、動也不動地望著相同的方向。花叢外，天地如常運行；白晝、黑暗交替循環；鳥兒聲聲歌唱；田裏的僱工打外頭走過；風兒幾度帶著某隻兔子的體溫、味道吹去。還有一次，一隻黃鼠狼從田裏一路嗅啊嗅地竄進金雀花叢，那銳利的雙眼窺見萊西蜷縮的模樣，鼻子搐了搐、動也不動地站那兒觀察一會兒，然後彷彿知道那生了病的動物根本不想追捕牠似的，鎮定從容地轉身往外繼續尋找牠的小獵物。

諸如此類的情形一一在花叢外上演，萊西卻沒採取任何行動。牠的體內發著高熱，整個身體滾燙燙。

就這樣，牠幾乎動也不動地臥了六天。終於，在某個下午，當陽光漸漸西斜時，牠抬起頭來了，並且開始緩緩地、虛弱地舔著自己的前掌。在被尖刺刺傷的創口上，大自然發揮了它的療效。牠一點一點地舔掉那尖刺，並舔乾淨那傷口，環顧四周，掙扎著慢慢站起來，受傷的後腿懸空而立。牠一跛一跛地緩緩走出藏身處，吃力地穿越田野，循著鼻子嗅到的清水味往山下走，發現一條潺潺的小溪，低下頭一口口舔著。這是一週以來牠第一次喝到東西。

牠貪婪地嚥下不少水後趴下身來；不過這時牠的頸子是挺直的，鼻尖朝上、發出尖厲的抗議嗥叫。牠站起身；面向南方，然後回頭往金雀花叢望，最後終於掉過頭來，一跛一跛地走回小山丘。

現在牠身上的僵硬、痛楚已經消失了一些，靠著三條有用的腿，也算勉強能夠行進自如。回到茂密的花叢後，牠爬進花蔭下的巢穴裏，耐心地躺在地上等著夜晚來臨。

接著牠又再那兒多休息兩天，其間偶而走到小溪邊喝點水止渴，卻一口食物也沒得吃，而且牠似乎也沒有什麼食慾。

在渡過那湍急河流的第九天後，牠從花叢下的巢穴走出來往喝水的地方前進，這時的牠看起來似乎已在運用四條腿走路，但其實那條受傷的腿根本使不上力，只是吃力地照著正常的樣子擺動。

牠像前幾天一樣舔了幾口清水，然後抬起頭望向南方。在牠的心中有某種意念在騷動，那是——時間感。

在牠心靈深處有股微弱的時間感。生病期間它曾被阻絕在心靈外，這時它又再度復甦。

這時候該是——該是去——該是去……

萊茜再一次明瞭那意念——這時候該是牠履踐校門之約的時候了。可是學校——學校在——在那個方向。那是牠前進的方向！

牠扭回頭，仰望一眼圍牆外那一簇茂密的金雀花叢。僅只是一眼，隨後牠便舉步維艱地渡過小溪，緩緩地邁步向南行。萊西再次出發啦！

現在這條大膽向前慢跑的卡利犬已經失去傲人的風采。牠是一條風塵僕僕的狗，在經過連日的飢餓和一段時日的高燒後身體羸弱無力，趕起路來也不再是得意的小跑步，而是痛苦地拖著笨拙的腳步走，而且持續不了多久。

太陽下山不久後，萊西再度中斷旅程；這一次牠停在一個隱蔽的牆凹內。那是個有錢人在鳥類棲息的旺季，用來埋伏射擊被驅趕飛過的鳥兒的據點；但萊西並不知道這一點。牠只知道這個地方能給牠保護與溫暖。

萊西也不曉得自己從金雀花叢下的巢穴出來後，總共只走了三哩路。在動物的心目中，里程的數目大小並不具任何形容效果。牠只知道自己心頭很滿足；因爲牠一直在朝著今生最想去的方向前進。於是牠快活地呼嚕著。

牠豎起耳朵，鼻尖動了動。一股兔了的氣味清晰地朝牠飄來。

食物，牠終於再度對它產生知覺和渴望。牠開始又有餓得想要狼吞虎嚥的感覺，口水都快流出來了。牠從射擊點的角落側身往前逼進。很快的牠又要進食，同時在體力恢復之後，牠又會馬上踏上旅程了。

牠悄無聲息地側身逼近。

要是牠因爲現在身體太虛弱、行動太遲緩，沒辦法爲自己捕捉到食物，那麼牠將非死不可。因爲不久之後牠就會餓得更加虛弱。若是此刻牠的體力、速度足夠捕食，那麼沒有多久，牠就會強健得多。

牠像個鬼魅一般，悄悄地朝牠的獵物匍匐前進。

第十四章　無妄之災

兩名男子悄悄爬進一座簡陋的石造小農屋。月光從他倆頭頂上沒裝窗戶的牆壁缺口滲進來，隱隱約約映出兩人的身影。他倆的妝束相似，都是一身粗陋的手縫蘇格蘭粗呢裝，不同的只是年紀較輕的那個頭上戴的是尖頂帽，另一個則是頂呢絨料子的蘇格蘭大圓扁帽。好長一段時間內，除了他倆的呼吸聲外一點聲息也沒有，後來年輕人開始焦躁騷動，年長的那個立刻伸手制止他，並說聲：

「噓！」

於是兩人屏著氣、不出一絲聲音。

「安德魯，你有沒有聽到什麼？」

「好像……」

他倆悄悄站起身來，透過牆上長方形的缺口往外凝望。在他倆下方向外延展的是月光下的土地，草色青青的田野看起來就像淡藍青霧中井然有序的公園般。

他倆豎著耳朵、瞪大雙眼注意觀察了好一會兒。

「不，安德魯，我啥也沒聽見。」

年長的那個點點頭，圓扁帽的縫線也跟著上下前後幌動。他說：

「我覺得好像有。」

年輕人一緊張，就魂不守舍地從口袋裏掏出他的菸斗來。他的同伴不以爲然地盯著他：

「小約翰，別抽菸。噢，牠們鐵定會聞到的。」

「對——你說得對。但我真想抽一口。到時候牠們會最先聞到的，對不對？」

小約翰朝農場那頭的一座大圍欄點頭示意。在月光下，大圍欄裏有一大群羊，一隻緊挨一隻，動也不動地站在那兒，看起來就像一片灰色的海洋。

「而牠們也會遠比我們早聽到動靜。」小約翰扭頭朝身後點頭示意，並接著說：「至少我的唐尼一定會。」

兩條埋伏在隱蔽處的狗之一聽到自己的名字，眼巴巴地揚起牠的頭。另一條輕咳一聲，機警地注視著，想知道漫長的守夜是不是終於結束了。

「說真的，安德魯，我實在不明白爲什麼要牠們待在那兒。我們該把牠們留在外面的羊圈旁才對啊。」

「不，不，小約翰。要是牠們守在外邊，那些該死的東西就不會來了。孩子，牠們的狡猾實在遠遠不是我們所能瞭解的。」

「是啊，牠們真是狡猾極了。」小伙子附和。「咱們整整熬了六個晚上熬夜戒備，牠們連個影子也沒冒出來。第七天夜裏，人才剛回家睡覺，兩眼一閉，牠們就來狼吞虎嚥、大肆屠殺。一口氣咬了七頭羔羊、兩頭母羊！喂，七頭羔羊吶！爲什麼牠們不找個咱們準備齊全的時候來哪？」

另外那人沒理會他最後的質疑。

「你該謝天謝地啦，小約翰。安息日那天，阿奇‧佛西斯一口氣少了十六頭，之前一夜，麥肯利損失十二頭哩。」

「哼，那些不講理的畜牲。不管安息日或是什麼其他的日子，對這些該死的東西來說都一樣，全是些供撒旦差遣的惡鬼！只要讓我逮著一隻……」

小伙子話說一半，改口問：

「安德魯，是什麼原因讓牠們這麼可惡呢？」

「啊，孩子，這恐怕不是我們能夠明瞭的問題。不過小約翰，依我看狗應該和人類差不多，絕大多數都光明磊落、誠實可靠。只是常常其中就會出現一隻天性貪婪、殘酷、卑鄙，白天裝得聖潔、高貴、十全十美，等到天一暗、沒人看見就會露出本性——一個貪得無饜的惡魔。」

「沒錯，安德魯。你是知道的，天曉得我有多愛狗。單瞧我的小牲口，什麼事我都替牠做，什麼關懷我都沒少給——另外我還百分之百信任牠。但那些該死的羊殺手——牠們不是狗。聽著，安德魯，你知道我有時會怎麼想嗎？」

「怎麼想，小約翰？」

「唔，你儘可以笑我。不過有時我覺得那些羊殺手不是狗，而是被吊死的殺人犯們的鬼魂。它們偽裝成動物的樣子回來了。」

那小伙子講得陰森森的，兩個人都不禁不寒而慄。後來那年長的男子擺脫掉這種感覺：

「不，不，小約翰！牠們不過是狗罷了——是些變壞了的貪婪狗。我們不該對牠們施予任何憐憫。」

「啊，只要能該我見著一隻，我絕不可憐牠。只要讓我瞄準其中一隻……」

「噓！」

年長的那個打暗號，頓時屋裏又靜得沒有一點聲音。

「牠在那兒！」

「哪裏？」

「快行動，小約翰。喂，拿好你的槍。快！」

小伙子一把抓起靠在牆邊的來福槍，兩人伺機而動。外面安靜太久啦。

「呀，安德魯，你眼花啦，」小伙子終於打破沈默：「根本什麼都沒有。只要我們待在這兒，就什麼玩意兒也不會出現啦。該死的東西，牠們知道我們守在這裏。牠們知道！」

「噓，小約翰。安靜，好嗎？」

小伙子住了口。可是時間一分分拖過去，他實在憋壞了：

「安德魯。」

「嗯？」

「喏，我剛正在想。說來也妙，狗兒既會是我們最得力的幫手，也會是我們最大的敵人。」

「說得對，小約翰。正因爲牠們是那麼機靈，機靈得能夠幫助我們，所以一旦壞起來，也可惡得足以傷害我們。而，小約翰，別忘了，牠們每一隻都有可能變壞的啊。就算你當心肝寶貝一樣疼惜的那條小畜牲也一樣。一旦牠們嚐到了羊血味，就會變成獵殺者。」

「我的唐尼不會！」

「哦，我也認爲我的威克不會。不過那畢竟是事實。一旦哪天牠們之間有某隻殺了生，就會開始不爲食物、只爲嗜血而捕獵，並且養成習慣。」

「我的唐尼絕不會！」

「這種事你沒法保證的，小約翰。聽著，有些狗和牠們自家的羊群在一起時，樣樣完美無缺，盡如人意。然而到了晚上，牠們卻會跑到大老遠——有時是去會見和牠們有約的同類。相聚之後，牠們就像狼群一般來勢洶洶地撲襲羊群，撕扯羊隻、獵殺牠們、同時大飽口福，不等救星趕到，牠們又已經離開羊圈，同時一哄而散，各自偷溜回家。到了第二天，牠們又會裝出一副羞怯樣子看守自家的羊群。」

「啊，但我的唐尼絕不會。我絕不……」

小約翰沈吟片刻，又開口說：

「對我們這些愛狗如命的人來說，想到不得不射殺牠們怎不叫人心酸。」

「嗯——但要是我們一整晚直聊個不停，恐怕很難射殺幾條了。這樣牠們不會來的。」

於是屋內再度恬靜下來，空縫中的月光也漸漸移向這簡陋農舍地板的另一頭。

最後，那年紀較大的男子終於帶著激動的口吻，顫顫地開口說：

「牠們來了！」

小約翰馬上把槍架在牆沿上，跳到定點，和同伴共同屏著氣息，凝視左方遙遠處。

「喂，在那兒！」

小約翰順著槍管望去，石頭牆外有點動靜。接著，他在離槍桿一段距離外望見一條狗。這條狗躍過了牆頭，輕輕快快地跑入視線內，一點也沒有偷偷摸摸的感覺。

那狗兒正是萊西。時間已經是牠離開金雀花叢下那個窩的一個禮拜後，但牠行進之間依然一跛一跛。在清明的月光下牠走過田原，像沿著指南針的指向般穩健、筆直地向前走。

石頭農舍內，年紀較大的男子如釋重負地舒口氣，沙啞地低呼：

「小約翰，射！」

小伙子抱好來福槍，卻沒開火。

「怎麼回事？快射殺牠哇。」

「那是條卡利犬呀——你曉得是誰家的狗嗎？」

「不，這是條流浪狗——也就是條野狗、孩子，快打牠。喂，可別射歪啦。」

小約翰扭過頭來：

「安德魯，我在戰時對付過一條卡利犬。我不會失誤的——尤其彈藥又是我自己出。」

「那就快開槍哇，小約翰！」

小約翰再度端好槍桿，屏氣凝神，將視線沿著直線緩緩往外推——這時，他透過照門的V型口看到安安定定、沒有半點搖晃的準星尖兒。在那上方，是條一路慢跑的卡利犬小小的身影。那卡利犬雖然一直在移動，卻始終在槍桿的追蹤下停留在準星尖的上方。

小約翰的手指已經輕壓在板機上；他感覺這正是最適合「開槍」的一刻。

「喂，快啊，小約翰！」

小約翰抬起頭，放下來福槍。

「安德魯，我不能。」

「射牠，小伙子，射啊！」

「不，不，安德魯。牠看起來一點也不像那些該死的傢伙。瞧，牠根本啥也沒注意。我們先瞧瞧牠是不是會朝羊群走好啦。因爲牠好像根本沒留意到牠們。瞧！」

「牠是到處遊蕩的狗，我們大可以射殺牠。」

「我們先瞧瞧牠是不是會走近羊群。假如是的話……」

「噢，你這呆瓜！快射牠！」

安德魯大聲催促，吼聲在靜夜中飄到萊西慢跑的地方。牠停下腳步，扭頭張望。一瞬間，所有情況都令牠心頭一震——人的聲音；人的味道；石頭農舍窗口的動靜。是人類——是會拿鎖鍊把牠鍊住的人類；牠必須遠遠避開人類。

牠轉個彎，猛然一躍竄開。

「那兒！牠看見我們啦，快賞牠一槍。」

小約翰看到萊西突然往外衝，開始懷疑也許他錯看這條狗了，因爲牠的舉動和那些犯罪心虛的狗沒兩樣。

他飛快抓起來福槍，抱好槍柄，射擊。

喀嚓的槍彈在靜夜中厲嘯而來，萊西急忙跳開閃避。那子彈挾著嘯聲剛剛好從牠左肩旁掠過，嚇得牠趕緊往右轉衝過田原。這時，又有一顆子彈呼嘯而至，牠覺得自己的腰窩火辣辣地挨了一下。

「喂，不！我射中牠了。」

「你沒打中。瞧牠跑掉啦。」

小小的農舍內混雜著兩名男子的交談聲，以及此刻已吠聲大作的那兩條狗的嗥叫聲。

「放牠們出去追！」

安德魯衝過去開了門，兩條狗便率先衝了出去，兩名男子也倉促地跟著循萊西逃跑的方向追逐。

「去抓牠！叫牠們追上！」安德魯吼著。

兩條狗一路狂吠著追了過去，縮著小腹，飛速奔馳。在風馳雷掣之中，兩條身影幾乎合而爲一。在牠們身後跟著兩名男子，但不過一會兒工夫，兩人就被甩得遠遠的。突然間，兩條狗拐了個彎，同時叫得更響亮——因爲牠們已經找到線索——才剛流出的鮮血那股強烈的氣味。

在牠們前方，萊西正快馬加鞭地疾馳。途中牠曾兩度猝然停步，嚙嚙大腿外側被子彈擦破的腰窩處。牠聽得出後頭有兩條狗正窮追不捨，卻沒有因此而加快腳步。牠不怕狗。牠真正想甩掉的是人；而牠的感官告訴牠，他們離牠還有好一段距離。然而現在牠卻比從前更害怕人了。因爲人類不僅可以鏈住牠，把牠囚在籠舍裏，甚至會製造可怕的巨響傷害牠的耳膜，並且像一記看不到的長鞭般向外延伸，同時帶來像此刻正撕扯著牠的那種痛一模一樣的折磨。

人類真是一種惡毒的威脅。

牠沈著地向前飛奔，心想也許不久就可以連人帶狗將身後那些追逐者一同甩得遠遠的。但那兩條狗體力正充沛。牠們既沒有經過長途跋涉，也沒半餓不飽、疲憊地走過漫漫旅程。沒過多久，牠們就追到能遠遠望見牠的距離內了。牠倆扯起嗓門高吠一聲，雖然萊西竭力奔馳，還是很快就被追上了。這時，其中一條狗攻向牠的腰腹，用牠的利牙撕咬牠的後腿肌肉，同時用肩膀去頂牠，想要把牠撞倒。

幸而萊西還擁有一樣東西，牠或許又累又餓，但牠絕不怯懦。牠像閃電般飛快扭頭旋身，無畏無懼地原地站定，呲牙咧嘴，胸口鬃毛直豎。

兩條追趕而來的狗一看牠的神態，頓時煞住腳步。因爲牠倆的出身雖然遠遠不及萊西，畢竟同屬卡利犬，自然明白這動作裏的警告意味。而萊西可絕不是那種像兔子般任人追逐、捕獵的雜種狗。

萊西彷彿已經被追趕得心煩氣躁，索性遵循內心那股強大的驅策力掉轉方向。牠必須啓程——往南，再往南。

然而那兩條狗兒卻誤以爲牠害怕了，於是左右夾擊。牠們像所有卡利犬一樣，飛也似地衝過牠身邊、領先在前。因爲牠們戰鬥的方式和牛頭犬不同，也不像㹴狗那樣左閃右撲、移動不定。牠們既不撲向對手、也不持續對峙，反而相當渴望超越敵人，在牠身上留下又長又痛、足以令對方倒地的傷痕。

那也正是萊西的戰鬥方式；牠發乎本能地懂得應當如何迎戰。總之，就在牠旋身對付其中一隻對手時，另一隻一定會從別的方向衝過來攻擊牠，但萊西卻立穩腳跟，扭著頭，等待迎擊最近的敵手。在月光下，牠提高警覺，昂首挺立。這時踞守在背後的狗展開攻擊，牠往旁一躲，隨即又往前飛奔，而另一條狗也撲上前來，牠急忙回頭——只可惜已經遲了一步。那條狗撞得牠搖搖欲墜，還來不及站穩，另一條狗又衝到前面攔阻牠。於是這三條狗便湊在一起、嚙嚙作吠。萊西掙扎著站穩身子，兩隻追逐者之一隨即欺身撲上，就在萊西轉身迎敵的同時，另一條狗也衝了過來。

這場戰役費時許久，當兩名男子氣喘吁吁趕到時，牠們仍在混戰中，這兩名男子就站在一旁隔山觀戰。

「小約翰，千萬別開槍。」安德魯喘著氣說：「你很可能會打中我的維奇。」

小約翰點點頭，把槍夾在腋窩下，伸長了頭往前望，仔細觀看那條旅途疲憊、萎頓不堪的狗兒奮力抵禦兩條經過多年工作歷練，強壯結實、粗暴有力的狗攻擊，心中不時想著那兩條狗一定會贏。

但萊西身上具備著另外兩條狗所沒有的東西——牠擁有高貴的血統。牠是純種狗，在牠之前，世世代代都是最精純，最傲人的祖先。

正如所有愛動物的人們所知，所謂動物的譜系論絕不是憑空而來。有些事遇上生性冷靜的馬匹，牠一定會裹足不前，絕不多跑一吋。但換作生氣勃勃的純種馬匹則不然，牠會對當時狀況有所回應，肯於撒開大步衝刺，即使耗盡全身最後一絲力氣也在所不惜。而有些情況下，雜種狗的反應是哀哀嗥叫著抽身而退，純種良犬卻仍會堅忍不拔、無畏無懼地挺身面對。

而萊西身上流的正是這種剛毅高貴的血液。當其中一條狗欺身撲近時，牠大膽迎上前去，根本不管另一條朝牠後腿進擊的狗，只顧將眼前這條打倒。沒多久，牠的對手就倒地投降了。

接著，萊西做了一件很不尋常的事。牠並沒有採取一名輕鬆勝利者的姿態直撲手下敗將的喉嚨，反而僅僅以前爪用力踏在他身上，像是摔角選手將對方制伏在地、等待判決勝負一樣，只要對方乖乖不動，就不會受到重擊。

萊西眼看那條狗安安靜靜躺在那兒沒反抗，又轉身面對另外一條狗。牠昂起頭，露出森森的白牙，胸口中緩緩發出低沈的挑釁聲。

對方瞅著牠，然後跟著趴在地上，開始舔起腳掌上的一處傷口。於是，現場呈現休兵狀態，三條狗暫停交戰──一條趴在萊西勁道十足的腳掌下，一條在清理自己的傷口。後者的神態彷彿在告訴人家：

「這整件事跟我一點關係都沒有。」

那畫面只維持一下子，然後萊西便把這瘋狂的戰役拋諸腦後，喉嚨裏不再發出咆哮，腦海中想起自己必須進行的工作。牠神態從容地轉個身，踩著輕捷的腳步跑了。

就在這時，兩名在旁觀戰的男子之一突然拉開嗓門大叫：

「快——快，小約翰！快射殺牠！」

可是小約翰動也沒動。因爲他腦海中浮現的並不狗；而是人。就在他呆立原地的同時，疲憊的萊西已漸漸遠離他們的視線外。

「喂！小約翰，你爲什麼不開槍？」

「安德魯，我做不到。」

「爲什麼做不到？」

「我在想——想一九一八年的三月啊，安德魯。當時對方來攻擊——而軍團負責駐守，安德魯，這就像當時情形啊。那條卡利犬和黑衛的作戰方式一模一樣，安德魯。我想起一九一八年三月……」（編按：指第一次世界大戰的戰役）

「你優柔寡斷了，是嗎？」

「不，安德魯。」小約翰皺起眉頭。

「一九一八年三月！」安德魯奚落著說。

「唔，畢道牠是條勇敢的狗啊，安德魯。再說——再說牠是要到別地方去的——而——何況我也沒辦法開槍，因爲我忘了重新裝子彈。」

「呵，還真像那麼一回事。忘了裝子彈？我可不相信一個士兵在開了槍之後會忘了重新裝子彈。」

「呃——安德魯，我們有太多事要記了呀。」小約翰說。

接著在他們轉身回家之際，他輕輕打開後膛，從槍膛中取出子彈，悄悄塞進口袋裏。於是兩名男子領著兩條狗，回到位於灑滿月光的山坡上那座簡陋的農舍。

第十五章　低地上的俘虜

此刻的旅途，風光景物全變了。四周不再是高地和石南，也不再有連綿的丘陵和牧羊場。取而代之的是比較平坦的地勢，而僅有的小丘則是由幾處大工業運輸業者運來的煤礦廢料堆成的「墩」或礦渣堆。

這兒的城鎮、馬路都比高地多，狗兒經過城鎮附近時也不再可能不被看到，或者避得開人們的視線，因爲這裏到處都是人。不管萊西多麼處心積慮要繞過他們，既然想往南方，還是非得闖進他們的視野內不可。

因此牠對他們發展出一種新的因應之道。牠盡可能避得遠遠的，但若是非得打他們附近通過，牠也不放在心上。

事實上，牠對這一帶的人感覺自在多了。因爲在許多方面，他們與牠從小生長周遭的人很相像。正如格林諾橋居民一樣，他們的面孔往往因污穢的環境長得特別黑。他們的大衣覆著髒兮兮的煤灰，手中、頭上不時配帶著照明燈。此外，這兒的人和城鎮周遭都帶著一股在地底下工作者所沾染的氣味。那股氣味和萊西主人身上的味道相似極了——但這些人可不是牠的主人。不過他們和村子裏的人真像。

因此萊西現在雖然已經機警多了，對他們的態度仍然像對自己村子裏的老鄉親一樣：牠接納他們，但不回應他們的召喚，也不走到他們能摸得著的地方；或者配合他們任何命令。

這些人確實曾經對牠下命令。因爲在這工業發達的蘇格蘭低地區，多數人也像約克郡人一樣識狗、懂狗。因此人們常常會喊：

「看吶，老兄！一條流浪野狗！而且是條好狗。來，小姑娘！快過來；來；小姑娘！」

他們伸長了手，彈著手指，親切地喚著，可惜萊西雖然常在他們的召喚中，聽到一個和自己名字很像的聲音，但牠從不回應。要是人們伸出手離牠太近，牠就會像水銀瀉地般敏捷而不可捉摸地快速避開。若是他們追來，原本穩健慢跑的牠就會提高警覺，撒開四條腿，飛快將那些兩腿的追捕者甩開大老遠。一旦把人擺脫了，牠又會恢復輕快的步伐向南奔跑。

這時候的牠步伐減慢了一些，因爲除了景觀的改變外，這裏還存在一個不同的地方——沒有獵物。原本處處有野兔的旅程中兔蹤也漸漸稀少了，到現在，牠的鼻子已經難得一次嗅到那種溫熱氣味，促使牠繃緊肌肉、愛跑多快就跑多快的衝勁已經愈來愈難達到，連想要避開人類的衝動也往往有心無力，除非對方真的是太靠近牠了，否則疲乏的牠再也提不起精神去爲這件事傷腦筋。

但有一股衝動是不會停息的——繼續往南去。除了南方，哪個方向也不走。於是，萊西慢吞吞地穿越整片蘇格蘭低地，遵循內心難以撲滅的滿腔熱火——到南方去——一直向南走的渴望，走過黑壓壓的工業區。走過之後，留下許許多多小故事——在家庭裏、村莊中流傳的話題。

在一個小採礦城的家城中，餐桌旁的少婦瞅著她正在吃晚餐的丈夫，說：

「艾佛，我今天遇見一件最古怪的事——是跟一條狗有關。」

「一條狗？誰家的？」

「我不知道牠是誰家養的，那時我正帶著寶寶坐在外頭曬幾分鐘太陽，這條狗剛好走到馬路上來。牠渾身是泥，孤零零的，看起來真慘不忍睹。不過從某個角度看又挺優美……」

「怎麼可能看起來又優美、又慘不忍睹呢？」

「唔，我不知道，總歸就是那樣。而且牠看起來好疲累，就好像那些在值班中暫時離開的人——好累，好倦，卻還得——接著做下去。於是我招呼牠，牠卻不走過來，只是站得遠遠地看著我——還有小艾佛。於是我就進屋去盛盤水來放在地上，這時牠才走過來把水舔個精光，所以我又弄了碗剩菜剩飯擱著，牠打量半晌，左繞繞、右轉轉，終於走上前來聞了聞，開始吃了起來——那吃相高雅極了。不過我敢打賭牠一定餓壞啦。這狗是那麼瘦削憔悴呵！後來，就在吃到一半時，牠突然停下來、抬起頭，像是想起某個約會似的拔腿沿著大馬路上跑……」

「哦，妳希望牠停下來向妳道聲謝嗎？」

「不，只是吃東西吃到一半就走啦！牠爲什麼要那麼做呢？」

「啊，佩姬，我哪曉得？我只知道要是能讓妳爲所欲爲，妳準會餵飽所有的流浪狗、流浪兒童、還有流浪漢。」

艾佛說完放聲大笑，妻子也跟著笑開懷。因爲從丈夫熱情的語氣中，聽得出他是在逗她開心，於是她在笑聲中淡忘了那條流浪狗。

向南走五十哩外的一個城鎮，有個臉形瘦削的婦人寫了封信給在外出差的丈夫。信上說：

「幾天前我們遇上一件可怕的事情。我們的村子裏來了一條狂犬。最先發現牠、懷疑牠有問題的是麥克格瑞傑警官，因爲那條狗嘴上全是唾液。他想捉住牠，可惜叫牠給逃掉了。我看見牠從街上走來——我剛巧去拜訪湯森太太——真是條可怕的畜牲啊！嘴巴張得開開的，發了瘋似的往前狂奔。警官還有鎮上許多男孩都跟在後頭追。我衝進傑米生的帳子裏，將近有整整一個小時都不敢出來，簡直嚇昏啦。後來我聽說他們把牠逼進芬諾胡同裏，以爲穩可以抓住牠了。結果牠卻在千鈞一髮的時刻跳過後牆去；喏，至少有六呎高哪。所以說牠一定是瘋了，因爲凡是神志清醒的動物都不可能想到做這種嚐試的。從那時候起，我們就籠罩在狂犬病的陰影裏，所有流浪狗都被捕捉聚集，送到獸欄裏頭關起來，我覺得他們應該把所有在街道遊蕩的狗都射殺掉才對，因爲誰曉得牠們引起哪些災害呢？告訴你，我對這整件事情緊張兮兮，因此我盼望你一有可能結束旅程，就快快趕回家裏來……」

在萊西稟持恆心毅力、奮鬥歸鄉的旅途，留下了一個又一個畏縮與懼怕——以及信賴與愛護的故事。

蘇格蘭大工業城邊的河流相當寬闊。由於濱臨河流這一帶相當珍貴——幾乎可以說是全區的命脈——因此沿著河的兩岸都建著高高的防水牆和堤防。

大河旁，一具具高聳的起重機吊起巨大的金屬，把它們搬運到鋼骨架起的骨架上。在那兒，人們終日上下攀爬、鑽洞鉸釘，製造出無數重擊、搥打的聲響。就這樣，日後通行大西洋的大船一艘艘誕生。

寬廣的河面上，每一吋都布滿了船塢與城市。從河的這一岸到那一岸，有軋軋嗒嗒的渡輪負責運送——而在城中，數百年來一直是靠幾座歷史悠久的老橋南北交通。

那時的萊西就走在這幾座運輸繁忙的橋樑之一。這些天來，牠已經在北岸漫遊多日，努力找尋可以過河的辦法，但最後牠還是做了這個決定——牠必須走在人群間過橋。

當牠走在橋上時，人行道上熙來攘往的人們常會扭過來、招呼牠一句。但牠只顧向前直走，絲毫不理睬他們，很快地便在擁擠的人潮中消失了蹤影。

但這之中，卻有兩個人始終盯著萊西不放。他們坐在一部大貨車上過橋，其中一名坐在前座的男子用手肘輕碰一下駕車的伙伴，然後伸手指指正專注朝著南方走的狗。對方沒答腔，卻彷彿樂於同意似地點點頭，同時加快車速跟住那條狗。

在橋的尾段，萊西步伐勻稱地走著，牠輕捷的腳步稍微加快了一些，因爲此刻一心想往南方去的牠心情正從容自得。過橋之後，牠突然精神一振，揚起尾巴，看起來好像挺快樂。

牠沿著人行道往南走，根本不曾注意到漸漸駛近身旁的大貨車。在城市擾嚷的喧囂和混濁的氣味中，即使是牠那敏銳的耳朵或鼻子也沒有機會爲牠提出警告。直到最後一刻，牠那動物的直覺才發出警訊，萊西趕緊縱身一跳。空中有樣東西在幌動。牠奮力邁動四條腿——可惜徒勞無功。罩在牠身上的是張網子，怎麼費力也沒用。

好長一段時間，牠在網裏掙扎、撲襲，然而這些行動只會使網子越糾越緊。這時，貨車上下來的兩名男子之一蹲在牠身邊，用老練的手法抓著牠，將長長的皮帶殘忍地纏上牠口鼻，把下巴箝得緊緊的，脖子上也綁了一條皮帶，再用另一條綑住牠的四條腿。

萊西一動不動地橫臥在地，四周圍滿了人。牠感覺到那網子被人提起，使盡力氣又扭又掙，想要掙出網子去，牠的前腳掙出網外！一隻後腳也出來啦！牠就要脫身啦！

牠猛衝猛擰，掙扎著要擺脫那捉著牠的男子。這時，另一名男子已經撲過來壓著牠。要是牠先把嘴上的皮帶弄掉就好啦！牠覺身上肌肉一緊，前腿已經被其中一名男子用力扯住。緊接著，牠的頭被重重敲了幾下。

牠頭昏眼花地躺在地上，不久兩名男子暫時住了手，因爲人群中傳來一個非常清晰的聲音。那是一名女子用簡短有力的語氣說：

「喂，你們用不著用那麼野蠻的手段對付一條狗！」

其中一名男子抬起頭來：

「是誰在多管閒事？」

人群中有人竊竊暗笑，不過當那名少女挺身走上前來時，笑聲立刻消失無蹤。那女子的語氣相當嚴峻：

「要是你認爲粗魯無禮對你有益的話，那你就錯了。我從頭到尾親眼目睹這整件事的經過，我打算控告你們──爲你們的殘酷和無禮。」

這名男子再開口時，語氣全然改觀：

「小姐，真抱歉；不過這是我的職責，真的。我們必須越小心越好。附近有那麼多狂犬──做爲一名捕狗人我們必須盡職。這是公共保護措施啊。」

「胡說──這條狗根本沒有狂犬病的癥兆。」

「小姐，這種事誰也說不準的。畢竟，牠是條流浪狗──而我們必須抓走所有流浪狗。牠的頸圈上沒名字。」

少女似乎還想說什麼，她身旁的男子卻碰碰她的手臂說：

「那傢伙說得對，艾雪妲。是不能讓成群的流浪狗到處跑。妳知道的，總得想辦法控制。」

「您說得對，先生。」捕狗員附和。

女孩看看身旁的男子，這才嘟著嘴說：

「算了，他們也犯不著用那種方式控制牠呀。起來，我來幫你們把牠送到車上。」

「小姐，妳來牠會逃跑的。」

「胡說。起來。」

「小姐，那只會害我們再從頭多費一次工夫。」

「快起來！」

兩名男子抬頭環顧四周，那表情彷彿在說跟一個滿腦子蠢主義的女人爭辯只是白費唇舌。於是他們乾脆站起身來，換那少女蹲在地上。剎時之間，萊西覺得有兩隻柔柔的手正和緩地摸著牠，輕輕撫弄牠，用輕柔的聲音安慰牠：

「好啦。給我一條皮帶——還有把那網子拿開。」

兩名男子依言而行。少女輕柔地將皮帶套在萊西頸部，一手輕輕撫摸著安慰牠，一手溫和

地牽著牠。「來——站起來。」她喚著。

受過多年訓練的萊西聽從吩咐站起來了，隨著她溫和的牽引走向貨車。一名男子打開車門，少女將瘦巴巴的萊西抱入車內，然後格子門又被拴上了。

「看著。」她嚴厲地說：「即使是對流浪狗也用不著像對付野獸一樣。」說著扭頭大步走開，理也不理站在身旁的男伴。

最後還是他先開了口：

「艾雪妲，在大庭廣眾之下那樣做也未免太惹眼啦。」

她不答腔，和他一塊兒步行過橋。走到橋心上，他看著她，停下腳步。

「原諒我，」他說：「我欠罵。妳做得對極啦。」

他倆停下腳步，低頭默默凝視滾滾河水。

「不知道爲什麼，」終於他說：「男人總是怕在大庭廣眾下出醜。他常常想做——唔，就像妳方才所做的那類事情，結果還是沒有行動。我想大槪可以算是一種怯懦行徑吧。女人要勇敢多啦。妳做得真好——我早該說的。」

少女體諒地握著他的大衣袖子。

「不是我做得好。是那條狗；」她說：「牠讓我想起邦妮。你還記得邦妮嗎？我小時候我們養的那條卡利犬。」

「噢，我也是——我原本已經忘了。唔！不過艾雪姐，邦妮是條高貴漂亮的狗哩。」

「這隻也是啊，邁可。噢，牠的確是瘦得骨頭都露出來了。但不知怎地，牠總讓我想到邦妮。同樣的毅力還有——牠好像懂得好多好多，讓人覺得牠無法說出心裏話是種罪過。」

男子點點頭掏出他的菸斗，兩人手拄著橋垣憑欄眺望。

最後，少女又問：

「他們會怎麼處置牠？」

「誰——那兩個開貨車的惡棍嗎？」

「嗯。」

「唔，把牠送到動物拘留所去。」

「我知道。可是到那兒之後呢——他們怎麼處置流浪狗？」

「我不曉得。大概是養著他們之類的——在指定時間之內。然後要是沒有人出指認的話——呃，就除掉牠們。」

「他們會殺了牠？」

「噢，是用很人道的辦法。讓牠們坐毒氣室，或者類似的方法。據說，絕對沒有痛苦，就像入睡一樣。是依據法律之類的處置。」

「而沒有一個人可以救得了牠——我是說，若是牠的主人不知道牠的情形的話？」

「我想是的。」

「難道沒有一則法律類似的規定——要是你到獸欄去的話，可以索討一條狗？我是說，假使你付費……等等的話。」

「好像有——或者，應當有。」男子抽著煙斗說。

他抬頭看著身旁的女孩，臉上泛起笑容。

「走吧！」他說。

第十六章　「唐諾，永遠不要相信一條狗」

裝著格子門的大貨車駛進一個大院子，身後的大牆邊，幾道鐵門隨即落了栓。貨車緩緩倒車，以便和高起的通道緊密啣接。

車子裏，萊西靜靜趴在一個角落，裏面還有其他幾條狗。車子駛過市區時，牠們扯起嗓門狂吠哀叫。而萊西卻像置身於二流囚犯間的俘虜女王般，安安靜靜趴在一旁。就像牠病臥在金雀花叢下時那樣，牠伏在車裏與外面的世界隔絕，只有雙眼仍然保持警戒。

即使是在貨車的格子後門打開之後，牠也沒捨棄這份尊貴的風範。門一開，那些雜種狗都重新拉開嗓門大吠大叫、橫衝直撞。兩名男子揪著牠們，把牠們趕到一間大水泥房。可是萊西動也不動，整部車子裏就只剩牠一個。

也許是牠的鎮靜從容和尊貴氣度誘導了那男子，也或許是他想起了那少女把狗送入車中的隨和態度，總之，他帶了一條小皮帶進入車中。萊西安安靜靜躺著沒動，也不屑於像別的狗那樣掙扎、嗥叫著想脫身，反而安詳地任由那男子將皮帶環套進牠的脖子。在對方牽著繩子，環釦將緊未緊時，牠乖乖站起身來，遵照從小接受的訓練隨著那人往外走。下了車廂尾板，走向迴音四起的迴廊，萊西既不用人拉、也不用人扯，完全自動跟隨著對方。

大概是牠的態度也打消了男子的警戒心。因爲正當他們走到助手拉開的鐵條門口時，那人彎下腰解開那條小皮帶。

在那一瞬間，萊西自由啦。

牠像道閃光似地一下子竄了開來。男子跳上前去想阻擋牠的路，只可惜他那人類的協調性和動物一比簡直像蝸牛一樣遲鈍。萊西在他快速行動中仍然緊急轉個彎，打他的雙腿和牆壁之間衝過。

牠沿著迴廊往下跑。突然間，牠停住腳步。牠的路被堵住了。在牠前面，除了牠剛剛離開的貨車廂外什麼也沒有。而車廂後部又密密實實與甬道相連，四周連一吋空隙也沒有。

萊西轉身往回衝——直接和兩名追在牠後面的男子迎面撞個正著。萊西閃身躲過他們的手腳捕捉，再一次從他們身邊竄開。左方有道階梯；萊西朝那兒直衝過去。階梯頂端是座十字交叉的迴廊，其中一條指向南方，萊西立即奔上這條路。

這時，牠身後的建築物開始響起陣陣叫喊的迴音。迴廊上有不少人，當牠衝過之際他們個個伸長了手來抓。牠像個足球「後衛」般左突右閃，好不容易衝到迴廊的尾端。這時牠再度停下腳步——迴廊的盡頭是一堵沒有任何裝飾的牆。雖然有扇窗戶，窗子卻是關著的。

萊西轉個身，長長的通道上已經聚集不少人正朝著牠逼近。萊西四下張望。通路的兩側各有好幾扇門，可惜全是關閉的。牠，無路可逃。

那些追捕牠的人似乎很有信心牠絕對逃不了。因爲這時兩名戴著尖頂帽的男子出現了，捕狗員的聲音也在他們之間響起：

「拜託，各位，請留在原地。現在我們逮著牠啦。請留在原地以免牠又衝回迴廊。牠不會咬人。牠不是條惡犬。」

那人緩緩向前迫近，他的助手也拿著網子跟上來，兩人離牠愈來愈近。

萊西揚著頭，高傲地守在原地做困獸之鬥。

這時，脫逃的機會出現了。因爲在萊西左側一道禁錮的門突然打開，一個聲音響了起來。那是種神氣的語氣——是官腔：

「這裏是怎麼回事？你們曉得附近是法庭所在……」

那人的聲音猝然停止。因爲就在轉瞬之間，有道深褐色的身影與他擦身而過。當牠撞著他雙腿的那一剎那，他幾乎跌倒在地。在驚魂未定與盛怒之中，他的臉孔扭曲變形，輕蔑地瞥一眼兩名帶著網子的男子甩上門走了。

這個時候，屋裏迴聲陣陣，因爲萊西正東奔西跑找尋逃脫之道。然而那一整個大廳房裏似乎沒有任何通路可走。所有的門都是緊閉著的。最後，萊西退到一個角落裏負隅頑抗。人們紛紛從牠身旁撤開，留下牠形單影隻。一張張座椅的撞擊和刮擦聲、以及人們的尖叫慢慢平息下來，只剩下一聲議事槌的巨響。接著一個嚴肅的聲音響起：

「不知道這位是否就是被告方面所約的意外證人呢？」

話聲一落，室內頓時掀起鬨堂大笑。不僅身穿嚴肅禮服的青年們忍俊不住，就連戴著白色假髮的法官本人也笑容燦然，因爲他的急智反應勢必將因此而聲名遠播。更何況，這個案子也實在進行得太冗長、太沈悶了。很快地，他剛剛所說的話就會被報紙引用、刊出，在全國各地到處流傳——

「下一則報導來自素以機智聞名的馬克奎利法官今天發揮其高度的幽默感……」

這位魁梧的男士用力點點頭，假髮幾乎蓋到他的額頭上。這時萊西突然出一聲短吠。

法官滿面笑容：

「我想這是肯定的答覆。同時我還要補充一點：這是我二十年來所見到最聰明的一位證人，因爲牠是第一位不需要用模稜兩可的答案而能回答是或否的人士。」

室內立即又響起一片震耳的笑聲。穿著禮服的青年們各個交頭接耳、點頭如蒜。

老馬克奎利今天出足鋒頭啦！

此刻，他彷彿認定笑聲該持續多久完全取決於他一人，於是又拿起議事槌重重一敲，蹙起眉頭，目光凌厲地暴吼：

「門房！門房！」

一名便裝男子急忙走到法官席前，必恭必敬地肅立聽令。

「門房，那是什麼東西？」

「是條狗；庭上。」

「一條狗！」

法官扭頭朝仍然困守在一隅的牠瞄一眼。

「你證實了我的懷疑，門房。牠是條狗。」法官溫和地說著，突然又大聲咆哮：「喂，我想要怎麼處置牠呢？」

「我想我知道您心裏的想法。」

「我怎麼想，門房？」

「您希望能把牠弄走，庭上。」

「沒錯！快把牠弄走！快弄走！」

門房詫異、委曲地望望四周。多年的公務生涯中，他從沒有遇過這樣的問題。也許在整個法學史上也從來沒有出現過。也許這類事情的正確處理方式從沒有在任何書籍、規章中記錄下正式而被認可的手續。任何可能發生的狀況都被考慮到了，可是——狗呢？門房不記得曾在哪裏唸過。

狗——從法庭，撤除。也許這條文字記錄在哪裏，可是門房記不起來。要是沒有任何正式的行動程序可遵循的話，該如何……

門房的神情陡然一亮。他想到解決辦法啦：證人席後的梯子！他轉身望著那名開門放萊西進來的男子，吩咐：

「馬克洛胥！把這條狗帶走。牠是打哪兒來的？」

面紅耳赤的門口守衛滿不以爲然地瞅著他的上司，回答：

「牠是打費加森和唐諾那兒跑掉的。他們正拿著繩子在外頭守著哩！」

門房轉身用比較正式的語言把他的話轉述給法官：

「庭上，那條狗是從動物拘留所當局那邊脫逃的。對方有兩人現在庭外等候；由於流浪狗的逮捕權及監禁隸屬於動物拘留所方面管轄……」

「我不爲這事做什麼正式判決，只要非正式的；門房——非正式的……」

在場那些開心的青年們又彼此會心一笑。

「……非正式的；我想這該屬於他們的管轄範圍。讓他們進來把這狗帶走。」

「好極了，庭上。」門房逃命似的急急轉身跑到門口，急促低呼：「把牠弄出去，快！在他發怒之前。」

兩名男子帶著網子走入法庭，在場人士個個興致勃勃站在原地張望。在這枯燥乏味的一天裏，這的確是個擺脫沈悶、放鬆一下的良機。

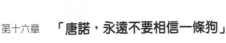

兩名男子慢慢地、機警地朝那角落匍匐前進，其中一個用討好的口氣說：

「庭上，我們馬上把牠弄出去。」

但就在他說話的同時，萊西轉身跑了。牠認識那張網子。它是個討厭的大敵，牠必須擺脫它。

整座法庭很快地又鬧成一團，年輕的一輩逮著這個大好良機，像學童一樣在追捕之中扯開嗓門大喊大叫。

「約克斯！讓開！」

「看！喂，華特生。在桌邊！」

「泰利胡！嗨！噢，我的小腿。」

他們開心地叫嚷著，極盡所能地用各種方式去妨礙那兩名男子的行為——表面上假裝幫他們把狗逼到角落，其實盡可能利用每個機會搗亂。

不過玩笑鬧到最後還是有個結果，萊西被封鎖在牆邊了。抓狗的男士悄悄掩近。在牠頭頂上方是扇敞開的窗戶。牠跳到窗檯上，而後躊躕地站在那兒，因為底下就是貨車仍未開走的庭院。從這兒到下面的水泥地之間，還要垂直落下二十呎。

兩名男子自信滿滿地逼上前來。他們知道從窗口往下跳的距離太遠啦，於是兩人張開網子來。窗檯上的萊西渾身直打哆嗦。往左邊是貨車的車頂，高度只有十呎高，但距離太遠了。牠蹲伏下來，四隻腳彷彿在找尋更好的立足點似的左舞右幌，渾身肌肉都在顫抖。

狗和貓不同。牠們像人，有懼高的毛病。但那畢竟是唯一的逃脫之路。

萊西伏下身子、收緊肌肉，然後站起身來縱身一跳。出了窗口，牠盡可能使勁往外跳向貨車車頂。但即使還在半空中，牠也知道自己墜落的距離太近了。牠的時間感和平衡感告訴牠，牠不可能安全落在車頂上。

牠伸長了前腿，剛好搆著車頂，後腿抓著車身邊懸掛了一下，然後重重摔到地上，暈倒在地。

上面的法庭裏，窗口旁擠滿了一張張的面孔。看見牠撞昏在地，捕狗員尖叫：

「我們逮著牠啦。」

他和夥伴轉身要走，卻被一聲命令喝阻住了。法官皺著眉頭瞪著他倆，說話之間彷彿所有幽默感全跑光啦：

「這是法庭，你們得靜悄悄地走。各位先生，請。我要宣布休會。」

議事槌重重敲下，當法官蒼老的聲音大叫：「請靜聽！」所有人都安靜肅立。

兩名男子摸索著走出法庭。到了走廊。兩人立即撒腿奔跑。

「可惡的狗！」年長那名氣咻咻地說：「我要給牠好看。等我逮著……」

但等他倆衝到庭院時，兩人卻面面相覷。貨車還在。萊西昏迷、倒地的地方也在，但牠不見了，整個院子裏空空如也

「喂，唐諾，這簡直是該死的日子。」年長的男子喘著氣說：「牠應該昏死在這兒的——但牠跑哪兒去了呢？」

「翻牆走啦，費加森先生！」

「六呎高耶！牠會摔死的。唐諾，牠哪是什麼去他的狗？牠是隻討厭的吸血蝙蝠。」

兩人回到他們在地下室的宿處。

「費加森先生，吸血蝙蝠那種東西不是有翅膀嗎？」

「沒錯，唐諾。這正是我的意思。任何動物要翻過那道牆非得有翅膀不可。」

唐諾搔著頭皮，說：

「我曾經在一部電影片裏看過吸血蝙蝠的故事。」

費加森先生厲叱：

「喂，唐諾，我正想全心處理這件事——重要大事——而你卻扯到電影去啦。你要再那樣下去的話，永遠也休想在這裏出人頭地。現在問題是——我們該如何處理這條狗的事？」

「我不曉得。」唐諾咬著嘴唇。

「喂，多想想。要是現在你是獨自一人的話，你曾怎麼辦？」

唐諾陷入沈思。好不容易，神情終於像陽光般豁然開朗：

「我們開車出去再四處找找看。」

費加森似乎灰心透了，搖著頭說：

「唐諾，你難道永遠學不會嗎？」

「學？我不是正在學嗎？」

「省省時間！省省時間！」費加森鄭重強調：「我要告訴你多少次？身爲文職公務員，你要儘量節省自己的時間。只要你開始日夜不分的苦幹，他們就會希望你全天候賣命。」

「你說得對。我忘啦。」

「忘啦！你忘啦！算啦，千萬別忘。小伙子，記得以我爲榜樣，這樣你才會有前途。」

唐諾一臉赧然。

「好啦，」費加森訓示：「多動腦，少動手。現在我們要做的是弄篇報告。」

他取出紙筆，咬著筆桿，好半天也沒寫出一個字來。最後他說：

「唐諾，這篇報告不好寫。這可是會玷辱本部門的名聲。我在這裏二十二年啦，從來也沒讓哪條狗逃掉過。我根本不知道要如何呈報這件事。」

唐諾搔著頭皮，突然靈感湧現：

「啊，聽著。你難道能乾脆忘掉這件事，一個字也甭提？」

費加森佩服地抬頭看他：

「你或許真會大有進步哇，唐諾，你終於在學習啦。不過你忘了一件非常重要的事——法庭裏發生的事——他們一定會到處喧嚷。不成啊！」

「嗯。」唐諾亢奮地說：「可是你可以說我們是在那兒追捕一條不怎麼樣的狗。要是他們想檢查，我們可以找早上捕到那條不起眼的大狗說就是牠，這樣一來，你就不用記錄什麼脫逃的狗，也不會給你的——的——名聲畫上什麼污點了。」

「唐諾，你真行！」

費加森興沖沖地著手工作，辛辛苦苦地寫了近半個鐘頭，才剛寫完，門鈴就響了。門開後進來一名警察，後頭跟著早先站在橋頭交談的那對青年男女。

「先生，這就是動物拘留所。」警察說。

男子走上前來，詢問：

「我聽說若是我付出留置費用和牌照費，就可以獲得一條沒人認領的狗？」

「正是，先生。」

「喔，那麼我——呃，我是說這位小姐——想要那條今早被捕的卡利犬。」

「卡利犬？」費加森趕緊動動腦筋：「卡利犬。不，今天早上我們沒捕到什麼卡利犬，先生。」

少女走上前來。

「喂，你們現在想要玩什麼把戲？你明知早上你捕捉那條卡利犬、並且粗暴對付牠時我就在現場；還有你也是。要是你們想要什麼把戲，這位麥凱斯隊長會展開調查的。」

「好吧，我說實話——牠逃跑了。」費加森抓著頭皮。

「真的？」女孩問。

「小姐，牠逃跑了。這裏所有人都能證明。牠掙脫出去，跑到馬克奎利法官的法庭，跳上一扇窗子翻出牆外——牠離開啦。」

「離開啦！」

女孩先是瞪大雙眼，繼而笑逐顏開。

「我不知道你說的是真是假，」青年說：「不過，我一定會寫份申請書來要那條狗。」

他在小記事本上寫下幾個句子，然後轉身離開，女孩也喜孜孜地跟著他出去。

「對不起，艾雪妲。」上樓梯時他說。

女孩微微一笑。

「沒關係，我很高興。瞧，牠又自由了。自由啦！縱然我沒得到牠，但牠自由啦！」

地下辦公室裏，費加森對著他的助手大聲咆哮：

「現在我非得提出牠脫逃的報告不可啦！因爲那兩個可惡的傢伙會提出申請書來要牠，而

我必須解釋我爲什麼無法把那條狗給他們。」

他粗魯地撕掉辛辛苦苦寫了大半天的不實報告。

「忙了半天全是白費工夫。好啦，就讓這一切給你一個教訓，唐諾，經過這整件事，你得到什麼結論？」

「絕對不要寫什麼假報告。」唐諾一本正經地回答。

「噢，不，」費加森叱責：「你在公務界永遠別想高升，唐諾。結論是：絕對不要信任任何一條狗。」

「千萬記住！瞧牠裝得好像抱在懷裏的小寶寶一樣溫順，我不過才信賴牠一秒鐘，牠就變得最後審判日裏的大火球一樣。還有牠應該不敢往下跳的——結果呢？」

「牠跳了。」唐諾回答。

「沒錯。照理說牠應該會摔死的，結果呢？」

「牠還活著。」

「又說對了。再來牠應該沒辦法跳過高牆的，結果呢？」

「牠跳過去了。」

「你又說對一次。所以，唐諾，這個教訓是：只要你還幹這一行，就絕不要信賴任何可惡的狗。牠們不是——唔——牠們不是人類。牠們不是。總之牠們不是人類。

第十七章　萊西過邊界

緩緩地，平穩地，萊西正要穿越一片田野。

現在牠不再輕快跑步而是痛苦地走著。牠的頭壓得老低，尾巴死氣沈沈地垂著，瘦削的身軀搖搖擺擺，彷彿非要動員全身的骨架，才能讓牠的腿繼續向前跨。但牠的路線筆直，依然繼續往南前進。

牠拖著疲憊的步伐穿過草場，絲毫不曾理會那些在四周嚼食青草、抬頭瞅著牠這位過客的牲口。

循著小徑往下走，草長得越茂密、越蒼茫。小徑漸漸變成殘敗的泥巴地，泥巴地又慢慢出現泥水坑，而泥水坑就在一條河流邊上。

牠站在這塊蹄跡遍佈的泥地上；這裡是大熱天裏牲口過來飲水、納涼的地方；過去不遠處就有幾頭牲口站在水中，流速遲緩的逆流河水深及膝蓋。牠們一邊扭頭打量牠，下巴還在兀自動個不停。

萊西低吠著，抬著頭，彷彿在捕捉對岸飄來的氣味。牠佇足片刻，然後嚐試性地涉水幾步，越走越深。接著，牠覺得腳下踏不到地，逆流的水勢將牠帶往河中。牠開始泅水，尾巴在背後直打轉。

這條河不像在高地遇到的那條般湍急，也不像已經過了好幾哩路的工業城裏那條那麼骯髒、那麼多工業污染的河流。但它很寬，水流也很慢，不斷將萊西往下游送。

牠那疲憊的四肢按著固定的節拍划動，前腳穩定地打水。南岸的河堤從牠身邊掠過，但牠似乎永遠無法游近它。

虛弱使牠漸漸麻木昏沈，腳部的節奏越來越慢，伸長的頭也直往水面下沉。大概是頭部浸水使牠從昏睡中猛然清醒，牠開始拼命打水。牠的頭冒出水面，前腳也濺起一大片水花。

牠是個驚慌失措的泳客。

還好牠很快就鎮定下來，再次穩定地向前划去。

這是一段漫長的泳程——一趟勇敢的游泳。最後，牠好不容易游到對岸，卻已經虛弱得幾乎無力爬上河岸。最初牠的前腳搆著河堤，卻又跌回水裏。岸太高了，水流將牠往河裏沖。牠再奮力一試，結果水花四濺，牠依舊跌落水裏。迴旋的渦流帶著他，最後，牠終於踏到傾斜的河床，涉水上岸。

雖然長毛上浸漬的河水爲牠平添幾乎難以支撐的額外負擔，萊西仍舊舉步維艱地蹣跚前進。牠拖著沈重的身軀往岸邊走，終於爬上了堤岸，然後頹然蹲踞在河邊，再也走不動半步了。

但牠已經身在英格蘭！萊西自己並不曉得，牠只是一條正要回家的狗——不是一個嫻熟地圖、地標的人類。牠不知道自己已經穿越整個蘇格蘭高地與低地；剛剛牠所游過的河流是特威得河，正是蘇格蘭與英格蘭兩大地區的分野。

這一切的一切牠全不懂得。牠只知道自己在努力爬上堤岸的同時，一件奇怪的事發生了。牠的四條腿不再正確反應；當牠催促自己向前時，疲勞的肌肉也不再聽從指揮。終於，在蹲坐片刻之後，牠，不支倒地。

一開始，牠哀哀低鳴，兩隻前腳抓著地，還在努力向前爬，這時牠置身於一片荒涼的草地中，拖著身體往前進——一碼——一呎——幾吋，最後，牠筋疲力盡、無力動彈。

萊西躺在地上，四條腿像「死狗」一樣平平往外伸，目光呆滯，唯一還能動的就是瘦巴巴的腰腹在間歇性地起伏。

整個白天，萊西都躺在那兒。蒼蠅縈縈地身邊打轉，牠也沒抬頭去咬牠們。

黃昏來臨，河的對岸傳來牧者的吆喝和牛隻的低唱。歸鳥的最後奏鳴從風中傳來——一隻畫眉的歌聲在薄暮中低迴。

夜色伴著靜夜中的聲音降臨：一隻貓頭鷹的厲嘯、某隻獵獺犬竊竊的咕嚕、遠處不知哪個農莊的狗在吠叫，還有樹林間呢呢喃喃的低語，隨著黑夜悄悄溜過。

黎明帶來新的聲音——河流仍籠在輕霧中，跳躍的鱒魚已拍得水花濺濺響。農夫剛推開田邊農舍的門離去，烏鴉就嘎嘎拉起牠們永恆不變的警報。太陽出來了，頭頂的樹葉在新的一天裡第一陣冰凍的微風吹拂中簌簌顫抖，隙縫中的光影也隨之在草地上緩緩地舞動。

陽光照在身上，萊西緩緩站了起來，目光沈滯，慢吞吞地舉步出發——離開河岸，前往南方。

這是一個簡簡陋陋的小房間，桌子上點著一盞燈，丹尼爾・費登坐在桌旁的一把椅子上，慢條斯理地唸他的報紙。靠近壁爐中燃燒的炭火處，他的妻子正坐在一把搖椅上編織衣物。她一邊不斷前後搖晃座椅，一邊飛快挑針鉤紗，因此，所有動作似乎都存在某種固定的關係——座椅搖一下，手上織三針。

他倆是對老夫老妻，在共同生活這麼久之後，似乎已無需借助語言的溝通。只要確知另一半在附近，兩人也就心滿意足了。

終於，老先生將他的金邊眼鏡推回額頭上，看著壁爐說：

「咱們來給火爐加點煤炭。」

老太太搖著搖椅點點頭，兩片嘴唇無聲地掀動著計算針目。她正在「換行」，一點兒也不希望把針目給數錯。

老先生慢吞吞地站起身來，拿起煤斗走到水槽邊。小小的食廚下是個煤炭箱，老先生拿把小鏟子緩緩挖出幾塊煤炭。

「啊，我們快沒炭用了。」

老太太過來檢查一遍，兩人開始神經兮兮地計算起來……計算買煤的費用。上次那一百多磅的煤耗得多麼快啊！他們的生活跟這些事情息息相關。家裏的開支非常緊迫。他們所有的財產只有因爲兒子在法國罹難而得到一小筆撫恤金，另外，就是政府每週發給他倆每人各十先令的退休金。這委實算不上什麼錢財，但他們省吃儉用，倒也不欠人家。這座遠離大街、城鎭的小屋子是個生活低廉的地方。在小屋旁的一小塊土地上，費登種了一片蔬菜園。另外他還養著一群小雞、幾隻鴨子、和一隻「養來過聖誕」的鵝。這隻鵝是他倆之間最大、也是持續最久的一個笑話。幾年前費登拿了一打新鮮雞蛋換回一隻小鵝。他小心翼翼地養牠，誇口說等到聖誕節時這鵝會有多肥多漂亮。

果然沒錯——牠長得又肥又漂亮。就在聖誕假期前幾天，費登打好主意，在門裏坐了大半天直瞅著牠。終於他那善體人意的老伴兒包容地伸起頭來，對他說：

「丹，我今年不想吃那隻鵝。假使你換隻雞來代替……」

「哎，朵莉，」費登說：「只有我們倆個要吃掉這麼大一隻鵝，實在太浪費了，一隻雞剛剛好……」

於是那隻鵝就這樣躲過一劫。此後每年牠都盡責地為聖誕大餐越吃越肥，而老費登也年年宣稱：

「一年過去了。整年裏這鵝愈養愈肥，瞧牠大搖大擺、昂首闊步，恰似皇帝一模樣。一年裏牠長得愈發肥胖囉。」

於是這鵝一年活過一年，費登太太也總知道牠絕不會被殺掉。每當費登好強地辯說他之所以小心翼翼養著牠，是要用來進烤箱當聖誕大餐的，老太太就會稱職地說：「是啊，丹。」然後等他在最後關頭閃爍其詞、推推拖拖地宣稱那隻鵝兩個人吃實在太大時，她又會說：「是啊，丹。」私底下她常喃喃自語，說等他倆「長眠黃泉下」之後，那隻鵝準還能活好幾年哩。

不過，她也不願牠被殺來祭五臟廟。事實上，要是哪天丹尼爾當真實踐他那斬釘截鐵的宣告的話，她一定會覺得天旋地轉。

當然啦，要養一隻又大又貪吃的鵝得花不少錢，但人總是能從別處撙節下一些。這裏省一文，那裏少用些，總能夠小心購物、小心存錢，攢下不少銅板。

於是他們的日子就這樣尊嚴而滿足地一天天過下去——但就像今晚一樣，每當他倆清點剩下的煤炭、估算還夠燒多久時，心裏總要掛記起那珍貴的幾文錢。

「啊，丹，別再費心添煤炭啦。」老太太說：「讓它燒完這一爐火就好，我們也該就寢了。畢竟今天我們已經熬得太晚啦。」

「再坐一會兒吧，」丹尼爾說。因爲他知道朵莉非常喜愛每晚坐著搖椅、在壁爐前織幾個小時衣物。「時間還早呢。我只再多添幾塊煤就好。因爲，天哪，今晚可真的寒得——又陰又冷、還下雨。」

朵莉頷首同意。她一面搖著搖椅，一面聽著東邊窗口風聲呼嘯，雨水叭噠、叭噠打在窗板上。

「丹，馬上就快入秋啦。」

「是啊，就快了。這是第一陣東風吶。冷喲！吹得人打骨頭裏起冷顫。我真討厭這種天氣裏在外頭待太久。」

他的妻子不疾不徐地搖著搖椅，思緒已不知飄到何方。每當有人談起壞天氣，她總會不由自主地回想起小丹尼。在那一處處戰壕裏，他們沒有溫暖的壁爐可烘烤。第一年冬天，戰士們在地底的泥巴洞裏生活，夜裏睡覺也沒有任何遮蔽物。這樣的環境，任誰都以爲活不了人。然而當丹尼放假返鄉時，他卻是健康強壯、神采煥發。而當她要求他注意爲胸部保暖、喉嚨保持清爽時，他又挺起胸膛大笑——爽朗、有力、震耳的笑。

「呀，媽，在法國過完這個冬天後，任憑多麼冷的天氣都不可能要我的命啦。」他聲如洪鐘地說。

不是冷、也不是病，是機關槍奪走了他的命——他的上校在信上這麼說。這封信，朵莉摺齊了，一直收在她的結婚證書旁。

啊，戰爭——機械戰爭。子彈奪走他們所有人的命。勇敢的、懦弱的；衰弱的、還有像丹尼一樣健壯的。並非死亡需要勇氣；因爲懦夫也會死。生存下去才需要勇氣——在那泥濘、下雨、陰冷的地方生存，同時要隨時保持高昂的鬥志，那才算勇敢。每當風吹陣陣、冷雨蕭蕭，她常會在腦中想像那情景。這麼多年過去了，她依然想像著那畫面，編著、倒織著、搖著搖椅——編著、倒織著、搖著搖椅。

她止住椅子，挺直脖子、靜靜不動。沒一會兒，她又重新開始——編著、倒織著、搖著搖椅、沈思……

她再次停止搖晃，屏著氣，仔細傾聽——聽爐火之外的聲音。屋裏有煤炭在滋滋作響，有炭渣掉在爐架下小坑裏的細響，還有報紙的窸窸窣窣聲響；稍遠處有扇鬆動的窗板發出輕輕的撞擊聲，另外還有大雨洶洶的拍打。更遠處，在屋外狂風掃蕩中還夾雜著另一種聲音。或者那只是幻想——因想起多年前的丹尼所引發的幻想。

她低下頭，不久又挺起來：

「丹！雞舍邊有東西。」

他倏地坐挺起來。

「啊，朵莉，是妳的幻想。」他責備：「屋外除了風什麼也沒有。再來就是有塊窗板鬆了，我會把它釘牢。」

他低頭繼續看報，滿頭灰髮的老太太卻還拉長著脖子，不久又說：

「聽——又來了！一定有東西！」

她站起身來：

「要是你不去照料你的雞，丹尼爾・費登，我去！」

她圍起圍巾，但丈夫也已站了起來。

「好啦，好啦，好啦，」他嘀咕：「坐下。既然妳要我去，我就去一趟好讓妳滿意。我這就出去瞧瞧。」

「喂，先圍好你的圍巾再說。」她數落。

她看著他推門而出，獨自留在屋子裏。多年來孤清的生活，已使她的耳朵自然而然習於傾聽生活中的每一個聲息，她聽著丈夫的腳步聲走遠——幾分鐘後，那聲音又打破風雨的喧擾匆匆趕回。他在奔跑。她趕緊跳起來，望著大門等待。丈夫推門而入：

「快披好圍巾出來；我發現牠了。提燈呢？」

他倆相偕急匆匆出門，迎著風吹雨淋投入夜色中。上了馬路，在毗鄰大街的山桐叢旁，老先生終於停下腳步、扒開土堆。這時，她看到丈夫發現的東西——是條狗；躺在壕溝中的狗。

她看見牠轉過頭來，燈光的照射使牠的眼珠子間映著閃亮的光影。

「可憐，可憐的東西。」她心疼地說：「這種風雨夜裏，是誰家把狗丟在屋外呢？」

風吹散了她的話語，但丈夫已聽到她的聲音。

「牠累得走不動啦。」他大聲喊著：「拿好提燈！」

「要我幫忙嗎？」

「啥？」

「要我幫忙嗎？」

「不用！我一個人可以！」

她看見他彎腰抱起那隻狗，趕緊抓緊快被強風刮走的圍巾，把燈舉得高高地走到丈夫身旁。

「來，丹，別緊張。」她唸著：「噢，可憐，可憐的東西！」

她跑上前去開門，丈夫氣喘吁吁、吃力地進了屋，門砰然關上。兩位老人家把萊西帶到壁爐前，安置在地毯上。他倆站在那兒，盯著萊西看了一會兒，這條狗躺在地上，雙目緊閉。

「只怕牠活不到天亮吶。」老先生說。

「喂！我們沒理由光站在這裏；至少我們可以試試。快脫掉你的溼衣服。快，丹，否則連你也會倒下。瞧牠在顫抖——牠沒死。丹，趕緊把餐廚底下的粗布袋拿出來，把牠弄乾些。」

老人吃力地彎腰低頭，擦抹萊西溼淋淋的長毛，同時邊說：

「牠實在髒得可怕，朵莉，妳這乾乾淨淨的漂亮壁爐毯子準會沾得全是泥巴。」

「那麼你明早就得負責把它抖乾淨呀。」她悍然回答。「不知道我們能不能夠餵飽牠。」

老先生抬頭一看，他的妻子手裏正拿著一罐濃縮牛奶，兩人的思緒像場無言的對話相互傳遞——這是他們僅剩的牛奶。

「唔，明早我們光喝茶，啥也甭加。」老太太說。

「留一點吧，朵莉，妳一向不喜歡喝沒加牛奶的茶。」

「哎，無所謂啦。」她說。

她開始把牛奶罐浸在熱水裏加溫。

「丹，我常想其實很多事我們只是習以爲常罷了。」她接著表示：「聽說，在中國，人們喝茶都是不加牛奶的。」

「也許剛巧是因爲他們不懂得改良。」老先生咕咕噥噥地說。

他繼續用布袋搓揉狗兒冰冷的身體，妻子在爐架上攪拌鍋裏的牛奶，小屋內安靜無聲。

萊西動也不動地躺在地毯上，在半昏半醒、疲憊殆斃之中，一股朦朦朧朧的詳和感悄悄襲上心頭。許許多多來源於過去的事物依稀浮現，撫慰牠的心。這地方聞起來「對勁」，屋裏瀰漫著煤煙和烤麵包相混的氣味。還有撫摸著牠的手——並沒有拘禁牠，或者帶來痛楚。相反的，它們安慰著牠，讓牠的心靈和疼痛的肌肉都得到平靜。兩位老人家——他們既沒有猝不及防的動作、或者吵人的大吼，也不會用力丟東西傷害牠。他們悄悄地行動，不會去驚嚇一條狗。

這裏還有溫暖——最最重要的東西。是那種會麻醉人的溫暖，讓人失去了意識、失去了知覺，彷彿身在一條漂向遺忘，漂向死亡的溪流一樣。

萊西只恍恍惚惚知道有人把一小碟溫牛奶放在牠的頭旁邊。牠的意識還沒有從半昏半醒的狀態中恢復過來。牠想抬起頭，卻一動也不動不了。

不久，牠覺得自己的頭被人捧起，有人用湯匙把溫牛奶餵入牠的喉嚨。牠吞下牛奶——一次——兩次——三次。絲絲的熱氣流入牠體內，使得牠的意識再度昏昏沈沈。牠靜靜趴在那兒，被餵入嘴的牛奶又從嘴角滴下、落在地毯上。

小屋裏，老婦人站起來立在丈夫身旁。

「丹，你看牠是不是快要死了，牠一口也吞不下了。」

「朵莉，我不知道。牠應該可以度過今晚。我們已經盡力了。我們所能做的只是——聽天由命。」

老婦人注視著牠。

「丹，我想陪牠熬一夜。」

「喂，朵莉，妳已經盡了全力，再說……」

「可是牠很可能需要幫助，而且……牠是那麼漂亮啊，丹。」

「漂亮！那種滿街遊蕩、醜哩巴嘰的雜種狗……」

「噢，丹，牠是我這一生所見到最漂亮的一條狗。」

老婦人堅決地坐在搖椅上，準備看顧一整夜。

一週之後，費登太太坐在她的搖椅上，朝陽從窗口灑進來，那夜的暴風雨就像一場遙遠的夢一樣。她戴著眼鏡、望著豎起耳朵躺在地毯上的萊西，露出溫煦的笑容，大聲說：

「正是他；你知道，對不對？」

丈夫的腳步聲傳來，接著門被打開。

「知道嗎，丹，牠已經認得你的腳步聲哩。」老婦人得意地說。

「啊。」老先生不太相信。

「真的，」朵莉堅持。「告訴你，前些天那個小貝來時，牠弄出好大的聲響。我說真的，你到鎮上去時，牠故意讓他知道有人在家！可是聽到你回來牠卻一點聲音也沒出——所以牠一定認得你的腳步聲。」

「啊。」老先生又應一聲。

「牠很聰明——又很漂亮，」老婦人不像在對老伴訴說，倒像在告訴那狗兒。「牠真漂亮，不是嗎，丹？」

「嗯，牠是很漂亮。」

「早先你還嫌人家醜哩。」

「是啊，但那是因爲以前……」

「瞧，我不過拿把舊梳子梳梳，牠這一身毛就美極了。」

他倆瞧著現在像獅子般昂首躺在地毯上的萊西——那是卡利犬常見的姿勢。牠那細長的鬃毛被優雅地往上梳，頸毛也再度開始露出雪白的光澤。

「牠看起來是不是不一樣了？」老婦人驕傲地問。

「哎，是啊，朵莉。」老先生憂愁地說。

老婦人聽出蹊蹺：

「喂，怎麼啦？」

「唉，朵莉。喏，問題就在這兒。起初我以爲牠是條雜種狗，可是現在……哎，牠是條血統純正的好狗啊。」

「牠當然是條純種好狗，」老婦人快活地說：「牠所需要的不過是一點點的溫暖、一點點

吃的東西、還有人對牠好罷了。」

老先生搖搖頭，似乎很生氣他的妻子不瞭解自己正在煩惱什麼。

「是啊，朵莉。可是難道妳不明白嗎？牠是條純種狗——現在在牠全身梳洗乾淨、慢慢復原後，妳可以看出牠是條非常名貴的狗，而……」

「而什麼……」

「唔，一條名貴的狗勢必會有主人的。」

「主人？會讓這可憐的東西像我們抱回來時那樣在外流浪、骨瘦如柴、快要餓死的好主人？主人；啐！」

老先生搖著頭頹然坐地椅子上，塡著他的菸斗說：

「不，朵莉，沒用的。牠是一條名貴的狗——現在我看出來了。所以妳千萬別急著把牠當寶貝，因爲隨時有一天牠的主人都可能會來……」

朵莉倏地坐挺起來。一想到那可怕情形，她的心就忍不住焦急，憂愁。

她盯著爐火注視半晌，然後凝視著萊西，最後終於開口：

「好吧，那麼——假使這條狗非得被人從我們身邊帶走，丹——早帶走、晚帶走都是一樣的。噢，要是牠真的有主人！找出來，好嗎，丹？到附近去問問看。」

老先生點頭。

「這是誠實的做法。」他說：「我明天就到鎮上四處問問看。」

「不，丹，今天。馬上去。因爲要是不知道結果，我會一直不能安心、睡不著覺。今天就去，到處打聽打聽。要是牠必須離開，就讓牠離開。要是沒人擁有牠，那麼我們也已盡完責任，可以放下心來了。」

老先生抽著菸斗，但老太太卻纏著他直催，直到他答應當天就去問才罷休。

中午時分他出了門，慢條斯理地沿路朝著四哩外的城鎮走。整個下午，老太太都在搖晃搖椅，又不時走到門口去向大街張望。

那是個漫長的下午，對老婦人來說，每一分鐘都像有一日長。暮色四垂，她終於聽到腳步聲。門都還沒完全打開，她已經急得問：

「怎樣？」

「我附近到處問過了——好像沒人遺失這條狗。」

「那牠是我們的了！」老婦人的表情不爲所動地說。

她心裏暗暗決定，絕不能讓什麼主人經過看到那條狗；她絕不讓那種機會發生，這條狗必須永遠陪著她待在小屋裏。她絕不讓牠到外面四處跑，免得那可怕的、素未謀面的主人經過時發現。

第十八章　最寶貴的禮物——自由

萊西趴在地毯上。在這個新家三週以來，牠的體力已逐漸復原，意識恢復正常，肌肉也幾乎健壯如昔。

此外，另外一些事情也回到牠的心頭。在牠病弱的時候，這些事好像都已被遺忘。但現在隨著身體的康復，它們卻一天天急速而頑強地清晰起來。

牠生命的某項驅策力已經甦醒，擾得牠片刻不得安寧。這種情況到了下午更是惡化。當時鐘快走到四點時，它都快逼得牠發狂了。

是時間感。

這時候該是——該是去——該是去接男孩的時間啦！

萊西站起來走到門口，抬著頭哀哀嗚咽。

「啊，過來，女孩！」

是老太太在喊牠。

「我已經牽著你好好散過步啦！你用不著再出去。快回來，好好休息。」

但萊西不肯回來，反而用下巴去撞門板。牠走到窗口、後腿直立站了起來，直到快五點時又走回門邊，然後像籠中的動物般開始來回踱步。牠不斷來回踱著，走到門口然後轉身——走到窗口然後轉身——，四隻腳一趟又一趟緩緩踩著小屋的石子地板來回走動，腳趾甲叩著地板的輕響和老太太的棒針互敲聲像在唱和般。

一個小時後，萊西結束牠的巡行，緩緩走到壁爐邊的地毯上。時間過了。牠蹲下來，兩眼眨也不眨地盯著爐火看。

動物是慣性的生物——但新習慣是可以培養的。現在正是萊西遺忘過去、安於新家的最佳時機。這對老夫妻在樸素的生活中用盡他們所有的愛對待牠，而聽到他們呼喚時，牠也會乖乖走過去，任由他們摸牠、撫弄牠。

但牠把這當成是一種報恩的行爲。在牠心中始終只有一個主人——而他不在身邊。

萊西並沒有忘記過去。相反的，隨著身體日益康復，牠對往事也愈記愈多，同時，每天黃昏的來回踱步也變得更久更激動。

老夫妻倆再也無法不去注意這情況了。那位把這闖入自己生活中的狗兒視若珍寶的老太太連萊西一點小小的動作都曉得，如此每天下午固定在門與窗之間徘徊的舉動，自然更不可能漠視。

老太太盼望——幾乎是夢想——那狗兒能淡忘外面的世界，安於他們這片由小屋、雞、鵝所組成的溫馨樸實小天地。但最後，她終於明白那只是癡心妄想，因爲萊西開始拒吃她端來的食物。這時老太太恍然大悟。

一天傍晚，她靜坐良久，最後終於打破沈默：

「丹！」

「又怎麼啦？」

「牠在這裏不快樂。」

「快樂？誰在——妳在說什麼呀？」

「你知道我在說什麼。就是伊。牠不快樂。牠心煩氣躁。」

「噢，沒的事。妳爲那狗兒想得太多了。每次伊的眉尾攢一攢，妳就以爲牠長了丘疹、得了疫病——或者我不知道是什麼的東西。」

老太太把視線移向伊——這是他倆爲萊西取的名字——搖搖頭說：

「不。我沒告訴你，但這情形已經持續三天了啊，丹，牠不吃東西。」

老先生把眼鏡推上額頭，仔仔細細端詳那狗兒，然後瞅著年邁的妻子說：

「哎，哎，朵莉啊，沒事嘛。是妳讓牠吃得太多了，難怪牠對御用餐似的食物都不屑一顧。沒事。」

「不，丹，我不是胡說八道。你自己也很清楚，要不然，爲什麼你晚上帶牠出去時，要用繩子把牠綁得那麼緊呢？」

「呃，那只是預防——呃，只是在牠習慣了把這兒當自己家以前的措施。要是我任由牠去，說不定牠會迷路，對這荒郊野地又不熟悉，到時候就找不到路回來，而……」

「啊，你明知這全是你自己編的，丹。正如我一樣，你也曉得一旦不綁著牠，牠就會棄我們而去，永遠不再回來，把我們孤單留在這兒。」

老先生沒回答。老太太接著說：

「丹，牠不快樂。你不像我一樣——每天下午看牠從窗戶到門口、門口到窗戶，看得我忍不住以爲牠會在來回踱步中踏出一條深深的小路……」

「噢，得了，那只是狗兒要求去散散步的一種手段。」

「不是的，丹。因爲我試驗過了。我拿了繩子牽牠出去——並不是牠不肯走或不理我，而是牠乖乖跟著我出去——丹，你知道我怎麼想嗎？」

「怎麼想？」

「唔，我覺得她好像只是因爲覺得對我們很抱歉才那麼做。我們對牠很好，牠不想讓我們傷心，所以牠才對我們百般容忍。牠好像是太懂禮貌了，除非我們吩咐牠走，否則牠不好意思走……」

「啊，不，沒有一條狗能像那樣——像人一樣懂事、周到……」

「不，我的伊就是這樣啊，丹。你不瞭解那隻狗，丹！」

「嗯？」

老太太黯然低語：

「知道嗎，我瞭解這條狗；我曉得一件事情。」

「什麼事？」

「丹，牠要到某處去；牠只是路過。」

「啊，聽著，太太，妳的想像力太豐富啦！」

「我不在乎，丹。我清楚——我和伊都清楚。丹，牠只是路過此地，途中牠累了，因此暫住在這兒，好比這是個醫療站——或者是一本小說上寫的路邊客棧。現在牠漸漸復原了，牠想上路。但牠太禮貌、又太體貼，不想傷害我們。可是在牠心裏卻想著要走。牠在這裏不快樂。」

老先生沒有答腔。他把菸斗拿在手中敲出菸灰，兩眼定定注視那狗。終於他開口說：

「唉，好吧，朵莉。好吧！」

世上有許多人內心充滿了醜惡的畏懼，因此當他們看到一隻饑餓的動物唇乾舌燥、卻又

淌著口水經過，就必定會驚駭奔竄，尖叫：「瘋狗！」還有一些人把所有路過的動物都當成仇敵，非要扔塊石子丟牠、蹂躪牠不可。但，謝天謝地，世上也有不少對狗愛護備至、深深瞭解的人，能夠尊重並珍惜人狗之間的關係。

就像這對隔天下午坐著注視狗兒的老夫婦。當時間接近四點，萊西站起身來，他們的目光也隨之游移。而等到萊西在門口嗚咽、然後踱向窗口時，他倆也不禁歎息。

「罷了。」老先生喟歎。

只此一聲，兩人雙雙站起。老婦人打開大門，夫妻倆肩並著肩，隨著萊西走到馬路。到了路邊，萊西停步佇立，彷彿明瞭牠內心那股熱切的渴望終於得以實現、牠回頭注視著那曾經不知多少次摸牠、撫弄牠、餵養牠的老婦人，一時之間，老太太真想張口呼喚——呼喚牠回到自己身旁，努力將往日的記憶遺忘。但她是個正直得不能再正直的人。她仰起頭，老邁的聲音清晰地囑咐：

「喂，沒事了，狗兒。要是你非走不可——你走吧。」

萊西從這段話中分辨出「走」這個字——她要牠走。

牠轉過身，又回頭臨別依依地望他們一眼，然後邁步出發——既不沿著馬路朝東走，也不順路向西行，而是筆直穿過田原，再度往南前進。

牠輕快奔跑——就像當初英勇穿越蘇格蘭高地與低地時的步伐一樣——不疾不徐，維持一種能夠支撐好幾哩、好幾小時的均勻腳步。就這樣，牠穿過田原、翻過一道圍牆奔下山坡。馬路上老婦人佇立眺望，堅定地咬著牙揮手作別：

「再會了，伊，再會——祝你順風。」

狗兒早已跑得無影無蹤，老婦人仍然站立路上，直到丈夫伸手擁著她：

「喂，朵莉啊，天愈來愈冷了，我們最好快回屋裏去。」

他們進了小屋，生活進行如儀。妻子準備好簡單的晚餐，點上燈，兩人坐在餐桌旁。

但兩人都沒動口。

後來丈夫抬起頭，憐惜地說：

「朵莉，今晚我來把燈放在窗口邊。說不定；牠只是出去長跑一趟，有了燈，要是牠想找尋回來的路……」

他明知那狗是不會再回來了，但他以爲這樣說出來老伴兒心裏會好過些。不過話說到一半他就住了口，因爲就在他仰起頭時，看見妻子正低著頭淚下如雨。他急忙站起身來：

「噢，噢，朵莉，噢，噢！」

他摟著她，安慰地拍拍她。

「唉，朵莉，別再憂愁了。來，聽我說。我已經攢了幾先令，這幾天我再拿幾個雞蛋去賣——然後我再到市場去，我知道有個地方有人賣狗。到時候我另外買條狗給妳。嗯？一條漂漂亮亮、永遠留在這裏陪妳、不會想跑掉的小狗。」

「唉，伊太大了，牠——再說畢竟牠們這些大狗食量也太大——而且，而且……一隻漂漂亮亮的小狗……」

老婦人抬起頭來。她真想像所有愛犬離他們而去的愛狗人一樣，大聲哭喊：「我不要別的狗。」但看著丈夫的眼神，她就再也不忍說那樣的話了。

「唉，養狗要花很多錢，丹。」

「當然要花很多錢。而一條小狗——或者，或者一隻貓——唔，那幾乎不用花錢……」

「對了，丹，就養隻貓！幫我找隻漂漂亮亮的貓咪。」

「嗯——一隻會蹺著身體窩在壁爐上、時時陪伴著妳的貓。好極啦！我會幫妳找隻好貓——一隻人見人愛最棒的貓。怎麼樣？」

「啊，丹尼爾，你對我真好。」

「唔，當然。我們倆都太憂傷了——而這些茶點也都快冷了哩。」他說。

「噢，丹，我吃不下。」

「唔，那麼——喝杯好茶吧。」

「嗯，對極了，」她說：「一杯好茶能讓我們倆都振作起來。」

「沒錯，正是。然後等到週六——我們會擁有一隻漂亮得妳見都沒見過的小貓。是不是很

棒？」

婦人擠出笑容：

「嗯，一定很棒！」

第十九章　與羅利同行

羅利・帕默刮完鬍子，洗淨他的老式刮鬍刀。

他是個瘦小、開朗的男子，一張紅咚咚的臉像佈滿了鈕釦一樣。他的眼睛像鈕釦，飽經風霜的嘴唇也像鈕釦，而額頭、下巴部份零零落落的丘疹和肉疣還是像鈕釦。

除了臉上到處像鈕釦，在衣著上他更落實了鈕釦風格。他身穿一襲毛線長衫，凡是能縫釦子的地方都綴滿了珍珠貝鈕釦。毛線衫外，他套了件連著皮袖子的古怪燈芯絨夾克，夾克上也有難以計數的銅鈕釦。若是湊近去細瞧，可以看出那是從前皇家軍隊所著緊身上衣的銅釦。

羅利那張臉和他的外型在整個北英格蘭人盡皆知，因爲他是個巡迴陶器販。他住在平日拉著他的貨、沿著馬路慢慢行走的四輪貨馬車上，每到一個鄉村或小鎮就取一支結實的短棍，從最大的陶缽中選擇一個開始敲打，而敲出來的音色就有如大鐘清脆和諧的鳴聲一樣。

這時，羅利會扯起嗓門歌詠似地喊著：

「陶匠帕默小販來嘍。鍋碗瓢盆我很多！帶著錢來，否則啥也買不到！買鍋買碗買盆喲！」

他喜歡大張旗鼓進入北方的小鎮，生龍活虎敲著缽大作秀。他總是基於兩個理由神氣活現地大力敲打陶缽：一是告訴眾人他來啦，二是讓人瞧瞧他的器皿多堅固，就連這麼猛烈的撞擊也不會破。

一年一度，他重複來到去年走過的地方。存貨少的時候，就回到家鄉小村子。他的哥哥馬克在家中製陶。見到他，在大棚子裏的轉盤邊捏塑老式器皿的馬克會抬起頭頷首招呼，然後羅利又會滿載一車陶器：小到替小孩盛麥片粥的碗，大到直徑足足近三呎長、北方主婦最愛用來揉麵糰——還有時常拿來幫小寶寶洗澡的大陶盆。

他把貨車裝滿了這些土黃的器物，未經圖繪的釉彩在車上閃著光芒，然後他會說聲：「好啦——我走啦。」再度出發。而馬克也會仰起頭來點一點——然後繼續工作。

於是羅利再度出發。白天沿路叫賣，晚上找個適合紮營的地方，把馬匹貝絲牽到路旁休息。這是一種快樂舒適的生涯。因爲在貨車上，羅利有個完整的家。說來不可思議，在那麼小的一個地方，竟然能夠擺設到生活上所需的東西應有盡有。羅利常會讓他的顧客看看自己生活的角落，做爲對他們的一大款待。而即使是最能幹的家庭主婦在乍看之下，也會爲這貨車廂內的一塵不染驚歎尖叫。

車上有個擺置所有東西的地方：一個羅利收拾刮鬍刀的地方、一個放置洗臉盆的地方、還

有一條掛毛巾的小欄杆。

他整理好床舖、吃完早餐。碗盤也已洗好收妥。貝絲的馬具已經套上，燕麥袋子掛在車廂下晃盪。羅利爬上座位，吆喝：

「喂，上啊，貝絲。」

車子一上馬路，羅利又從行進中的貨車車座跳下，開始跟在車旁走。即使不加牠的重量，這一車子貨也夠貝絲拉的囉。何況除非天氣太差，他還是喜歡安步當車。

不過這時天氣良好，羅利在濛濛晨霧漫步走著，嘴裏哼著——

噢，父親，父親，請為我挖墓穴，
並請用您的花鍬來挖掘，
再在墓頂放置一斑鳩，
讓人知曉我因愛而亡。

那是一首悲傷的歌，但羅利可沒有一點點憂愁。事實上，他從來也不瞭解歌詞的含義，只是在他孤單的生涯裏，有自己的歌聲可以作伴走過一個又一個城鎮。除了馬兒貝絲和嘟嘟，羅利沒有別人可相伴。說到嘟嘟——羅利真把牠當人來看。此刻牠坐在車座上——一條小白狗兒，可能是聰慧的獅子狗，可能是逗人的獵狐小狗，可能是狐狸狗或斯開㹴；但對羅利而言，牠是牠們的總集合。

嘟嘟的名氣和羅利一樣大，牠能夠鼻尖上平平穩穩頂個小陶碗，用兩隻後腳直立在一個倒扣的碗上。也能夠跳到一個木球上面，滾著它向前走，而且走得四平八穩。牠還能從地上叨起小銅幣交給羅利，另外還會跳鐵環。

每當羅利抵達一個好村莊，就會和嘟嘟共同上場表演一段——倒不是像某些江湖郎中般靠這些把戲招徠人群，而是他喜歡聽圍在車旁的孩子們開懷大笑，欣賞他們快活的模樣。

在鎮與鎮之間，嘟嘟會像現在一樣威嚴地坐在車伕座上，瞅著大馬路，耳聽羅利哼喝這首不幸的鄉村少女傷感的故事。

其實他並不注意自己的嘴裏在唱什麼，反而時時提高警覺、留心周遭的環境。在這種不設防的情況下生活，流徙的羅利，對他身邊的世界有著深刻的瞭解。他知道鷦兒在何處築巢，曉得燕子何時飛去何時歸。同時，地方上的獵戶也沒有一個比得上他的眼睛利，狐狸尾巴尖上的一綹紅毛他都認得清。

因此這個清晨，他的五官陡然一緊張，兩眼眺望遠處的田野，歌聲也戛然而止。

他快步走到行進中的貨車邊，站在轅桿旁的踏階上，趴在車頭向前行。漸漸地，他看清了——是一條狗，正步伐勻稱地穿越田野、轉向大馬路。

這狗兒的腳步停也沒停，彷彿在牠眼中，一部由馬匹拉的貨車就像一棵樹或一隻鹿一樣，是天生自然的景物。羅利瞭解狗兒的想法，於是把身子縮起來不讓牠看到，只是嘴裏還喃喃自語：

「咦，你要到哪裏去啊？」

那狗兒愈跑愈近，來到一塊四無屏障的荒地邊時，牠輕巧地溜到馬路上和貨車錯身而過。

「喂，你要做什麼？」羅利大喊。

狗兒抬頭一看又轉身逃回荒地裏。

「不喜歡我做伴，嗯？」

羅利跳下踏階恢復步行，視線則一直隨著那狗兒移。這條狗兒現在正朝他的左方跑，行進的方向幾乎是一直線。不過牠的路線被 條溪流擋住了，於是又開始轉移方向準備奔回馬路，以便由橋上通過。

羅利爬進車廂裏，出來時手中拿著幾小塊肝臟。嘟嘟仰起鼻尖拼命搖動牠那四不像的尾巴。羅利對牠說：

「這不是給妳的，小姑娘。」

他的眼睛一直盯著那條狗，估算著等牠到達橋上時，他的馬車也正好通過。

他開始興高采烈地歌唱——

我的老父親，從前常常對我說，
有些忠告我要開始告訴你，
非常簡單，非常非常地嚴密……

這時——
「吆，向右轉嘍，貝絲。不，不是衝到水溝裏。吆，向右一點點就好。對啦！」
然後——

妳的心裏裝滿了別人，
卻不是充滿了理智，
妳唯一聰敏的時候……

於是羅利一路唱著歌，控制馬匹的速度，就在狗兒近橋時，他們也到達橋頭上。他假裝沒有看到他，繼續高聲地歡唱。狗兒停在橋頭邊，彷彿有意讓他先行。羅利沒回頭，只是拿著幾塊肝臟揮舞著，好讓氣味飄散開，然後漫不經心地掉下一塊再過橋，側著頭觀察那條狗會有什麼反應。

橋頭上，萊西緩緩向那塊肉走去，整個空氣中彷彿充滿了它的味道。肚中的飢餓刺激著牠的唾液腺加速分泌，整個嘴巴都溼了。牠湊近前去，低頭用鼻尖碰碰那塊肉。

不過牠也沒忘記多年的訓練。山姆・卡瑞克勞夫曾經小心翼翼、不厭其煩地教導牠千萬別撿來路不明的食物。爲了訓練牠，他曾在各個不同的角落扔些小肉塊，每塊肉中都裏著一糰燒紅的紙糰。當時還很幼小的萊西開始去吃那些肉，不久就發現裏頭竟包著火球似的東西，甚至在嘴角被燙之餘還要被主人叱責。

「這樣對牠真殘忍。」山姆・卡瑞克勞夫告訴過他的兒子喬伊：「不過，我只知道這個方法可以教牠們——再說，我寧可趁狗兒小的時候早點讓牠嚐嚐熱紙糰的滋味，也不要好不容易養大的狗吃了哪個瘋子摻了毒扔給牠的肉死掉。」

這教訓一直留在萊西心中。

凡是狗絕不能吃路上亂丟的食物。

但飢餓當前，一時間牠哪還顧得了訓練。牠的鼻子搐搐、鼻尖深深埋進肝臟裏。突然間，牠一個轉身，扔下食物掉頭過橋。

前面的羅利・帕默站在貨車旁見了，點著頭說：

「是條有教養的好狗哩。祝你好運，我的狗兒。不過我們……」

他繼續唱著歌趕馬上路。只是手中仍舊揮著肝臟，在風中留下一大團對狗兒而言又濃鬱又誘人的香氣。

此刻，萊西在那令人垂涎的食物氣味中繼續旅程。在過橋之後，牠有一股再度離開馬路從田野中通過的衝動，但又捨不得離開這飄香食物的軌跡。牠向前慢跑，越過溝渠，開始散漫地跟在那部貨車的後方平行前進。

羅利愉快地對車座上的嘟嘟大唱其歌——

那裏有隻狗兒羞怯又小心，
但我想牠正漸漸地靠近。
哎，牠也許恐懼又謹慎，
但我們將克服牠的心驚。

「好不好聽，嘟嘟?唔，妳會喜歡有個伴的。來，我們拭目以待。」

羅利一路伴著馬車向前走，偶而回過頭來，可以望見那在後方田野中奔跑的卡利犬。有時牠會離開視線消失好一段時間，但最後總會循著肉香穩定地跟著，再度回到視線內，而每一次牠再回來時總會靠近馬車、以及那個好像根本沒注意到牠的男子些。

就這樣，他們在荒涼的平原奔跑了一個早上，艷陽高照，羅利把車馬帶到路旁，看見那條狗停在他的後方。

「嘟嘟，該吃飯嘍！」他說。

他迅速架起一個炭盆、生好火燒水煮茶，又熱了一鍋燜菜，切好肝臟放在一個碗裏給嘟嘟吃。自己一面吃飯一面望著愈湊愈近的大狗，同時故意很誇張地餵點食物給自己的小狗兒。他看著那眼珠子一直跟著自己手部動作轉的卡利犬；現在牠坐的地方離他只有二十呎開外。嘟嘟曾經一、兩次對牠尖吠，但都立即被羅利制止了。

等到終於吃飽飯後，羅利站起身來，從存貨中取出一個淺碗盛些肝臟，然後像在進行多年來習以爲常的工作般，漫不經心地走到距離卡利犬十來呎的地方將碗放下。

「這是你的午餐，」他說：「吃了吧。」

萊西目送他回到火盆邊，見他似乎全然沒理會牠在做什麼，於是站起來緩緩走到碗邊。狗不能吃路上亂丟的食物！

但這不同，這不是路上亂丟的東西，是被人盛在碗裏的。沒錯，這是盛在碗裏的。既然是由人盛在碗中或盤子裏的，狗兒就該可以放大膽吃了。這種食物裏不會有燃燒著的火。

萊西溫順地低下頭，用門牙叼起一塊肉仰頭嚼食，然後在再度吃到食物的快樂情緒下狼吞虎嚥。牠不但吃光食物，還把碗舔得乾淨溜溜，然後坐下來注視著羅利，彷彿在說：

「好啦，做爲開胃菜那是很不錯，但正餐呢？」

羅利搖搖頭大聲說：

「啊，不。要是你還想吃就得跟我走。我不是說過我還算挺瞭解狗的嗎，嘟嘟？把它扔在路上是不管用的！不知是誰把你訓練得太好了，我的卡利朋友。但把它裝在碗裏——那是密訣。如此一來什麼問題都沒有啦。好了，站起來，我們出發嘍！」

他一面取下掛在貝絲頭上的飼料袋、打翻火盆、小心踩熄炭火，一面用眼角餘光斜瞄坐在路邊、像在等著看享受一頓好飯菜的奇蹟是否還會重現的卡利犬。等到他終於啓程上路後，羅利開始快活地咕嚕起來。因爲那條卡利犬不再走在田間，而是緊跟著貨車與他同行了。雖然不算跟著很近，但羅利不在意。他知道不久後牠自然會湊上前來的。

羅利心花怒放地高歌——

他們會拴著我的脖子把我吊死，
是的，他們會拴著我的脖子把我吊死，
他們會把我從床上帶走，
拖到我受死的絞刑架，
然後我會被吊著直到死——該死的東西！

幾天後，萊西仍然跟著羅利走。牠始終落在貨車幾呎後，在大馬路上輕快地慢跑。羅利想教牠像當年四輪敞篷馬車、行李車盛行時代達爾馬希亞人的隨車狗一樣，跟在後輪軸後的車廂下晃晃悠悠地行走；可惜萊西說什麼也不肯。

牠一直不喜歡他們進村子後乒乒乓乓、又吼又叫的吵鬧聲；不過，牠大概知道那不會持續太久，所以總是忍耐著。只要羅利朝南走，牠就心滿意足了。有一次，走到一處岔路上，羅利的車轉個彎向東走，不久，他突然覺得自己的動物家庭好像失去一名成員。回頭一看，萊西還坐在岔路口。

每當他呼喚牠時，牠就跟上幾步，然後兜個圈回原處坐下。

終於羅利投降了，爬到車夫座上指揮貝絲轉彎，回到路口再往南方走。他溫煦地說：

「哎，看來我只好任人牽著鼻子走嘍。」

但不久他又扭頭對嘟嘟傾訴：

「妳看一個男人置身於女人堆中有多可憐。妳，貝絲，還有女王陛下——單獨一名男性和妳們三位共處會有什麼樣的機運?貝絲想到北方，因爲那是牠的家。女王陛下想去南方——無疑是要到冬宮避寒。至於妳——哎，只要在我身邊妳就滿足啦。哎，嘟嘟呀，妳是唯一無條件愛我的人啊。」

小狗兒聽了搖搖牠那說彎不彎、說直不直、毛不算短又不算長的尾巴。

沿著斷斷續續的北方小路，遠離羅利深惡痛絕的卡車、汽車穿梭的大道行走，這種生活很是不錯。馬車一程一程地前進，羅利也一路放聲高歌。

「喂，陛下，我們這些平民百姓是否該做點低俗的生意呢？」羅利向在貨車後押陣的萊西啓奏，而牠卻恍若未聞地照常行走。

「我知道了，陛下，」羅利低聲下氣地說：「聽我說，像錢這樣的俗事會污了您的耳朵，但我們這些小老百姓必須生活，所以要是您不介意——希望您別介意——我和嘟嘟打算去賺點錢。」

羅利自編自演一番後，開開心心舉起帽子向萊西深深一鞠躬，再從車裏取下他最大的碗和短棍，乒乒乓乓敲打著朝第一幢房屋走。

鐘聲般的脆響在村莊中迴盪。羅利扯起大嗓門——

鍋碗瓢盆我很多，

帶著錢來否則啥也沒有！

買碗買鍋子喲！

婦人們一群群聚在各家門口，羅利向她們招呼問候。在婦女們摸著他的陶器爲價格爭論、開玩笑的同時，他把車子停在村子的中心，像歌唱似地扯著嗓門——

它們堅固耐用打不破。

「我去年向你買的那個已經打破嘍。」一名婦人大喊。

「喂，我總得讓它們偶爾破一個。」羅利眼裏閃著笑意說：「要是我專做絕對不破的東西，各位就永遠不會想要買新的，那我可就要丟飯碗嘍。」

他用力眨眨眼，婦人們都咯咯笑著交頭接耳：

「唉，不愧是獨一無二的陶器小販帕默啊！」

「各位，」買賣結束後，羅利喊著：「有誰想看狗兒耍幾套把戲嗎？」

孩子們高聲歡呼鼓掌。羅利從車中取下各色行頭，嘟嘟身手俐落地從座位上爬下。羅利拍拍手，可是什麼動靜也沒有，小狗還坐在原地等候。

「怎麼啦？」羅利說：「妳在等誰呢？喔，我知道了。陛下還沒駕臨現場是吧？瞧，牠過來啦。」

萊西在羅利的細心引導下繞場一周後坐正，羅利給了牠幾塊肝臟當酬勞，輕聲催促：

「好啦，現在女王陛下終於就座了，我們可以開始了嗎？」

他打個手勢，嘟嘟興奮地低吠一聲，開始牠的全套演出。牠跳鐵環；憑吠聲報出自己的年紀；假扮「死狗」；在人群中挑出最美的女孩——全憑羅利的暗號。最後牠使出看家本領，嘴裏咬著一支小國旗站在木球上走路做爲收場。

「那條卡利犬什麼也不表演嗎？」一個小孩嚷著。

「噢，你想請女王做個表演，是嗎？」羅利回答：「不過牠看起來好像正在靜坐罷工哩。」

羅利抱著嘟嘟朝萊西走去。

「明星表演完了，妳把這些東西收拾好，好嗎？」

萊西動也不動地坐在原地。

「把那些東西收好！」羅利暴吼。

萊西不動；孩子們都快活地尖叫了。羅利手足無措地抓抓頭髮，突然眼睛一亮，豎起食指示意孩子們安靜，然後轉身對萊西說：

「不知是否可以請陛下恩寵，請收拾那些東西好嗎？」

這次他用手打了一個暗號——因爲口令在耍把戲上毫無意義——萊西神氣地站了起來。牠用牠細長的口鼻把木球推到車上，又一一啣起鐵環整整齊齊疊在車廂門口。羅利向牠鞠躬，萊西屈膝爲禮，像剛睡醒的狗般伸長了前腿。

「各位，」羅利對孩子們說：「要隨時記得說聲請，這樣你在社會上才會有更多收穫。好啦，我們走了。別忘記陶器小販帕默。明年我會回來。再見！」

在村民們一片揮手作別中，貨車離開了。羅利快活地唱著歌；嘟嘟愜意地蜷縮在前座上；貝絲穩健緩步徐行；萊西漫不經心跟在後頭，萬分慶幸大家終於再度出發了。牠討厭在村莊裏停留，也從來沒有喜歡過像今天這樣的表演。牠和嘟嘟不一樣；嘟嘟樂於耍把戲，常常等不及要秀一回。這小小狗天生適合馬戲表演——萊西不屬於那一型。

羅利・帕默清楚這一點。他望著坐在座位上快睡著的嘟嘟說：

「唉，牠是隻不知打哪兒來的貴族狗——但牠永遠也不會像妳這麼機靈的，對不對，小甜心？」

嘟嘟用力扭動一下身體代替搖尾巴。

吃完晚餐，羅利打點好貨車準備再上路。

「哎，我知道妳不想再出門。」他對貝絲說：「但這次我們得趕好長一段路，大家有得走嘍。天氣已經晴朗夠久——」

羅利再度抬頭仰望。天上雖然明月高掛，四周卻也有料峭寒意。

「如果我沒看錯，很快就會是濕濘濘的天氣——然後冬天就要來臨——我們必須回程返家。所以今晚我們必須加把勁，再多趕上一段路。」

他把車轉到馬路上，不一會兒，貝絲「喀啦！喀啦！」的蹄聲又在燧石路上響起。嘟嘟在前座睡得香又甜。萊西高興又要上路，快快活活跟在車後跑。

羅利暗暗盤算著，再走四小時，不到夜晚十點就能趕到艾普頓森林旁那塊舒適的營地。那個時刻氣溫會很低，用火盆燒杯茶喝可以讓他身心舒暢、上床就寢，明早太陽一出來就好起床趕路。

第二十章　俠義之心——與依依話別

月光下，樹影長長地投影在馬路上，兩名男子沿路走來。

「史尼克斯，要是你不喜歡的話，你曉得怎麼辦！」

說話的是一名粗壯極了的高大男子。他的兩邊肩膀在厚棉布夾克中鼓鼓欲出，大大的國字臉上壓著一頂尖頂帽，正向一名瘦小、尖臉的男子說話。那人長鼻尖上掛著粒似乎註定一輩子掛在那裏、無論多麼用力也吸不進去的小鼻涕塊。

「你給我帶來痛苦，真的，史尼克斯——哪那麼多牢騷？我讓你當個伴——我讓你和我同行——我負責帶你到繁榮富饒的地方謀生，結果我得到什麼？抱怨，抱怨，成天不停地抱怨。你累，沒錯；你腳痛，沒錯；你冷，沒錯！噢，你這該……」

「嘿，巴克斯，你看！」

那人暫停指責，順著他手指的方向望過去。在暗淡的夜中，那兒有一絲溫暖的明光。巴克斯緩緩舉起手來抹一下他的嘴。他環顧四周，在路邊上看到一條粗大的樹枝。他打開刀子、虎虎生風地削起樹枝，將兩端粗糙的地方修平，好不容易終於滿意了，這才把短棍平穩地握在手中，同時看著史尼克斯照做。

他倆一語未發，僅僅由巴克斯點頭示意，兩人便無聲無息地溜下馬路。五分鐘後，他們置身於一片灌木叢中，一陣木頭燃燒的氣味迎面撲鼻而來。

「陶器小販帕默，」史尼克斯輕聲唸出貨車上的招牌：「一個該死的貨郎；該死！」

「貨郎，」巴克斯輕呼：「那麼他身邊一定有帶。」

「沒錯，巴克斯，他們一定隨身攜帶。」

「那麼，上吧！」

巴克斯站起身來偷偷掩進，但還走不到十步，靜夜中就傳來一隻狗兒挑釁的狂吠，像在對他發出嚴重警告般。

「他帶著狗。」史尼克斯心悸地說。

「誰怕牠？」

巴克斯索性連躲藏也省了，大膽跨出去，朝燒著火盆的地方走，大喊：

「喂，狗老兄，沒事，我們啥也不做。」

萊西見他走到火盆邊，朝他狂吠。他拿著短棍對牠比劃，但牠退開了。羅利想要捉住牠，牠照樣閃到一旁，佇立在熊熊燃燒的火盆邊，這時，嘟嘟也咽咽尖叫著站起來湊熱鬧。

「安靜！」羅利吩咐：「妳們倆都給我安靜。」

兩條狗兒咕嚕嚕地悶下聲音。巴克斯咧嘴作笑，並聽見史尼克斯已經站到他背後。

「多謝你，兄弟，」巴克斯帶著令人解除戒備的友善語氣說：「你在喝茶嗎？哦，那可真舒服。能不能請你分一兩口給兩個無家可歸、正在找工作的人，好讓他們身體暖和暖和？」

他微笑著走上前來。

坐在大木頭上的羅利站起身來，沒理會巴克斯的話。他可不是傻子。獨自在外行走這麼多年，見過的人那麼多，他不至於分不出在荒郊野地裏遇上的人是好是壞。

「喂，別走！」

巴克斯大吼著跳過去，擋在正朝貨車走的羅利和車子之間。他抄起短棍微笑著；現在所有僞裝都不存在了。

「說吧，錢呢？」他勸誘：「因爲要是你省省麻煩自動交出來，我們是不會傷害你的。對不對啊，史尼克斯？」

「對，我們不會傷害他們。」

「我們當然不會。不過——要是你想惹事，那麼很抱歉——我們當然不會給你好過，說，錢在哪兒？」

「好吧，我給你就是。」

羅利話聲剛落，猛然一跳落在貨車旁。現在他的手中也已經抄起自己結實的棍棒，背抵著貨車，將棒子握在手中輕輕敲著。他沒開口；也沒必要開口。

「看來你非要給自己惹麻煩，是不是啊？」巴克斯低喝：「好！很好！」

他手持短棍衝過去，羅利一把閃開，同時揮棒還擊，打中對方指關節。巴克斯怒吼：

「上啊，史尼克斯，別光站在那兒——快從另一邊包抄啊，你這該死的懦夫。」

兩名男子一塊兒衝上來，羅利背抵貨車負隅頑抗，奮力想把對方擋在固定範圍外。這時，兩名強梁的棍棒開始落在他的頭上、肩上；而他孤立無援。

在絕望中，他一眼看見正在火盆外狂吠的萊西，大叫：

「快，咬他們。」

萊西箭步上前，衝向那名高大的男子，他回過頭來，用他的棍棒猛力朝牠砸下。棍子打在牠肩頭，差點把牠打翻了。一時之間，兩名男子停止攻擊，轉身面對萊西，看見牠正站在那兒，兩眼注視著他們。

萊西心中有著好幾股衝突，但只有一個念頭最強烈：牠又遇上手段兇惡的人了；他們可能帶來傷害和痛楚。他們是那種會抓牠、拘禁牠的人；是牠應該像從前一樣躲得遠遠的人。狗兒看到這種人應該儘快避開，千萬別被他們看見。

就在這時，巴克斯又向前逼近半步，揚起他的短棍，大吼：

「滾！否則別怪我再賞你一記。」

萊西拔腿溜開，然後轉身奔進灌木叢，沿著山坡跑進樹林裏。

「多棒的狗啊！」他咆哮：「瞧吧，老兄——就連你最好的朋友也背叛你啦。噢，多麼討厭的狗啊！我看算啦，咱們既往不咎，交了錢什麼事也沒有。」

目送萊西跑進林子的羅利收回視線瞪著兩人，手中再度握緊棍棒，鼓起餘勇頑固地說：

「要就來吧！」

兩名男子一步步逼上前去，全神戒備地在羅利身旁遊走。他倆小心翼翼地在火光中跨出步伐；因為這小販不是弱者，加上他背倚著貨車，已經少去一半受攻擊的方向。就在小販手持棍棒靈活反擊的同時，小小狗兒嘟嘟也朝牠所信賴、仰仗的主人直奔而來。

這小不點兒能幫的忙其實少得可憐——瞧牠邁著小短腿衝刺、咽咽尖叫、小白球似的身體努力飛撲的樣子簡直讓人好笑。牠煞有介事地衝上來，好不容易兩排小白牙齒終於咬進那高個子攻擊者的腳踝。

巴克斯錯愕了一下，然後一腳把那小狗踢開，辱罵：

「你這可惡的小老鼠！」

小狗再度撲上前來，巴克斯舉起他的大棍用盡全力往下一擊。那小傢伙被打中了，頭破血流，屍體飛進灌木叢裏。

羅利一見氣瘋了，怒火攻心地吼叫著飛撲過來，瘋狂舞動棍棒將兩名掠奪者逼得節節後退，彷彿恨不得那兩人立刻消失在眼前。

他倆雖然暫時敗退，但羅利的盛怒卻也替自己惹來大禍。因爲這一來，他立即失去貨車的屏障，落得此刻腹背受敵。被羅利的幾記棍棒瘋狂掃中的巴克斯痛不可當地攻破羅利的防衛之後，舉棍重重敲在他肩頭，把他打得雙膝落地。羅利雙手護著頭部、拿著棍棒想要站起來，忽然覺得背後又是一記攻擊。他回過頭去抓住史尼克斯、緊緊抱住，他準備在自己意識還沒完全恢復時，拿他抵擋另一人攻擊的盾牌。他覺得左眼有條細細的熱血流下，知道自己頭皮已被打破了。

當萊西在巴克斯的棍棒威脅下溜進灌木叢中，牠遠離營帳，本能地朝向南方跑。

但，跑著跑著，牠內心卻不再有每次朝著這內心渴望的方向前進時那種平靜安詳。好像——好像是哪裏做錯了。

牠中途停步回頭張望，在樹木的遮蔽下只能隱約看到一點火光，同時耳裏聽到人們的叫喊和嘟嘟的尖叫。牠的聲音出奇尖銳，萊西心中陡然一驚。因爲那是一種警報——狗兒正在盛怒與反抗中的厲叫。

萊西掉轉方向，竄過樹叢往回跑。終於牠坐在土堆上。嘟嘟的叫聲不見了。萊西可以望見三名男子的身形在他們巨大的影子前晃動。牠還看見羅利倒地。

萊西內心有兩股相反的力量在交戰——一是避開這些人；二是保衛牠的家。因爲在某種意義上，貨車和營火可以算是牠的家。而後面這股力量在牠體內又存在更久遠——這是溯自祖先世世代代承襲下來的。至於對人類的畏怯則是後來的事；僅僅是在經歷這幾個月生活後才造成的。突然間，那股反擊的力量戰勝了。

在這一生中，牠從沒攻擊過人類，也不屬於生性兇狠的品種。但，一旦牠堅定信念就決不會再躊躇，也顧不得什麼叫謹慎保留。牠怒氣洶洶，從胸口發出一聲低沈刺耳的狂吠，舉步衝下土堆。

看見牠像閃電般氣沖沖地在火光中飛撲而來，僵持中的三名男子才知道牠回來了。牠縱身一躍，騰空撞向巴克斯的胸口，強勁的衝力險些將他撞倒在地。萊西並沒有就此停止。牠離開火光照耀的範圍、繞過樹叢，從另一個方向衝回來。經過還被羅利抓在手中的史尼克斯身邊時，不忘狠狠朝他大腿咬一口。盛怒中的牠長牙深深陷入對方的肌肉，在暗夜中，史尼克斯疼痛的厲叫聲劃破了寂靜。

牠再度回頭迎戰巴克斯。

「哼，妳回來啦。」對方嘀咕。

他深信牠還會再像先前一樣逃跑，於是舉起木棍朝牠打來。但這次萊西閃身躲過，並且衝過他身邊，順口撕咬他的小腿，同時腳不停步地衝過火光範圍，繞個圈，再度往回撲。牠像所有戰鬥中的卡利犬一樣，每通過戰場一回就狠狠突襲一下。每次到達灌木叢的暗影下時就拐個彎，從另一個不同的方向攻來。

羅利一邊大聲吆喝助陣，一邊在體力恢復不少的情況下加入攻擊那兩名盜匪。他拿著木棍痛打他們，追得他倆在火盆邊倉惶亂跑。而兩名盜匪發現自己無論朝哪個方向逃避羅利的攻擊，總會有隻三色動物朝他們逼來。這隻動物總是在黑暗中奔離視線，然後朝另一個不同的方向衝出來，用長長的利牙當武器，在他們還來不及打中牠前又快速跑開了。

有時候，他們會覺得現場好像有兩、三條狗，因爲無論他們朝哪個方向轉，總會有條狗從不同方向朝他倆飛撲而來。

在這樣的攻擊下，兩名盜匪已經搶奪無望。終於，在攻擊和挫敗中，他們開始嚐試撤退。首先逃走的是史尼克斯；他完全不顧自己的同伴，在對那像鬼魅般在他腿上留下重創的東西深深恐懼中，史尼克斯落荒而逃，六神無主、哆哆嗦嗦竄入灌木叢中。不一會兒，他就聽見背後傳來另一陣哆嗦聲響——是巴克斯——他正不辨方向、不問何處地盲目奔跑，只求能夠躲開那攻擊效果顯著、又無從反擊的仇敵。

在他身後的幽暗處，史尼克斯可以聽到一個令他恐懼、焦慮的聲音。還好這時小販開口呼喚：

「來，來！算了，放他走吧！雖然他罪該萬死，但我不願讓你殺了他。你過來！」

史尼克斯倉惶逃走。現在他孤孤單單、沒有朋友。他並不想和巴克斯會合；反正對方一定會指控他在危急時棄同伴於不顧——當然，他也不想再碰到那小販或他的狗。他決定一個人離去，以最快的速度遠離此地。於是，他快步西行。

營火邊，羅利・帕默匍匐在一具白色的小屍體身邊。萊西僵直地立在一旁，用牠的鼻尖去輕碰那小身軀。

羅利動也不動地趴了好久，腦中想的盡是好長一段時間只有那小狗作伴的日子裏那種種回憶。終於，他站起身來，走到貨車邊取出一把土鍬，開始挖掘一座小墳墓。

冷冷豪雨中，萊西站在十字路口旁。牠一度低聲嗚咽，隨即看見貨車停下，羅利出聲召喚牠。牠像跳舞似地四隻腳踩了踩，結果卻沒朝他走去，最後是他走回來：

「來這裏，陛下。」

牠聽到「來」字，走到蹲在泥濘路旁的羅利跟前。他摸著牠，撫弄牠良久。最後他站了起來，問：

「妳不願跟來了，是嗎？」

萊西仰起頭，四隻腳踩踩踏踏，不過還是沒有跟上去。

「唉，」他說：「也許那樣才是最好吧。我真想陪妳同行，可是貨已經不多了，而我又必須回馬克身邊過冬。再說——妳永遠不會像嘟嘟那樣適應和我在一起——而且妳會讓我想起牠；雖然妳是一條好狗。」

萊西聽懂最後兩個字，搖著尾巴同意。

「哎，妳真懂事，不是嗎？好了，原諒我吧——最初我以爲妳是懦夫，其實不是。妳的心中還有別人，我的小姑娘，我真希望自己常在妳心中，知道妳還念著我。」

萊西聽到「小姑娘」三個字，開口吠了幾聲。小販搖搖頭：

「唉，多麼可惜啊。妳能聽懂人們的某些語言，而人卻不夠聰明，一點也不瞭解妳們的話語。偏偏人類還自以爲是萬物之靈吶！」

「哎，親愛的，畢竟我們沿路同行也度過好些愉快時光，不是嗎？如今——既然必須結束，就讓它結束吧。我將會孤孤單單。沒有了妳——也沒有了嘟嘟。但我向來都認爲一個人若是不喜歡孤獨，就不該選擇巡迴推銷做爲自己的行業。孤單——我早就該想到的。換另一個角度來說，有時候我會覺得不是妳與我們同行，而是妳在只要我們路途相同的前提下讓我與妳同行。而現在——唔，不管妳的正事是什麼，現在妳要離開我去辦了。」

「要道別了，是嗎？」他說：「好吧，那麼我祝妳一路順風。妳走吧！」

萊西懂得「走」的意思。牠邁步穿越十字路口轉向南方，然後回過頭來凝望。

羅利揮著手，對牠大喊：

「快走吧，祝妳幸運。」

他一直站在那兒目送慢跑而去的卡利犬。午後的冷雨打在他歷盡風霜的臉上，羅利緩緩搖著頭，彷彿在暗自想著自己永遠也無法解開關於那狗兒的謎團。

不久，那狗的身影完全消失在視線外，羅利默默走回貨車旁，爬上車，吆喝貝絲向東走。在另一條路上，萊西一搖一擺向前跑——跑向南方。雨水順著牠的長毛串串滴下，污泥濺在牠的四條腿上。

一週之後，羅利的車緩緩在馬路上行走。他既不唱歌，也不再走在他的流動家庭旁，因為空中已經密密飄起雪花了。

羅利坐在前座，膝上蓋著防水布，底下大鈕釦似的臉龐禦風雪而行。他的前方幾乎是一片純白；他可以看到蒸氣從正在前面賣力奔馳的貝絲腹側往上升。

「唉，很好，」羅利大聲說：「妳知道我們已經到家了。到了家我會很高興；因為這是一段泥濘的回程。除了雨，霧——還有現在的雪——什麼也沒。還有，這一趟我在外面逗留太久了——這就是我的結論。」

羅利一路嘀嘀咕咕，突然間停止喃喃獨白。他的心思飄到那條在十字路口離他而去的狗身上。

「哎，」他終於開口：「喂，我就快到家了。至於妳；我的朋友，無論妳在尋覓什麼，但願妳已經找到了；平安——或者是任何妳在尋找的。但無論妳身在何方——願妳舒適、乾爽而暖和。有時候，我真希望當初把妳鎖在車裏一起帶回來；但當時我沒那個心情——因為我只想著在嘟嘟之後再也不養狗了。也許將來有一天我會再養，但現在不要。牠是那麼忠心耿耿——不過也許妳也忠心於某個人吧。所以再會啦；願妳也像我一樣回到自己的家。」

「貝絲，我們到了！再過十二個街角，我們將回到家中和馬克共進晚餐。」

就在貝絲生氣勃勃地快馬加鞭、貨車將要回家過冬的同時，向南好幾哩外的萊西也在趕路。

此刻的牠正穿越一處地勢高聳的大荒野。在這兒，狂風終日呼呼地吹。暴風雪自牠的身後襲捲而來，將逗留在牠瘦削大腿上那濕黏黏長毛中的空氣也都捲走。

牠發覺自己舉步維艱。雪愈下愈深，想要從雪地中拔一隻腳向前跨，也就得耗去疲乏的肌肉更多力氣。終於牠搖搖晃晃倒在地上，蹌起身體，開始咬去凍結在腳爪間的毛處那些冰雪。之後牠站起來再奮鬥，可是雪實在太深了，牠只好像馬匹一樣以連顛帶跑的方式突破僵局，先仰起身子，再猛力往前一躍，只是才沒過多久就已筋疲力竭了。

牠垂著頭、喘著氣站在雪地裏，急促的鼻息就像蒸氣一樣往外冒。牠仰頭哀號；但雪並沒有因此而消失。牠再次不顧死活地疾衝、跳躍，試圖越過大片積雪。不久後，牠的行動再度中輟，再也沒有力氣前進半步了。

這時，牠仰著頭對空長號——那是狗兒在迷途、寒冷、無助之下的哀號——叫聲又長又高，在暮色漸沈的曠野上鑽入下個不停的雪幕中。

大雪覆蓋了所有的聲音。在這平坦、荒涼的曠野裏，四下空無一人。就算有人身在短短的幾百碼外，能否聽到那被雪封阻的號叫也還是個大疑問。

終於，萊西頹然倒地。無邊無際的白雪輕柔地蓋在牠身上。牠躺在純白的雪氈下，雖然渾身乏力，心中卻仍焦急。

第二十一章　旅途終站

山姆・卡瑞克勞夫打從年初就告訴過兒子喬伊，從約克郡的格林諾橋到魯德林公爵位在蘇格蘭的領地間有段漫長的距離。反過來也一樣，足足要走四百哩。

不過，那是對一個經由馬路或搭火車、行進方向呈一直線的人而言。若是換成動物——換成遇到障礙必須繞路、探路，歷經迷路、走錯路，走到支線或退回原處才能找到一條路的動物要走多遠呢？

恐怕要走千哩吧——只能憑直覺判斷方向，跋涉千哩，穿越從未走過的陌生地。

沒錯，千哩的高山深谷、高原曠野、耕地小徑、河流山澗、清溪小川；千哩的高崗斜坡、雨雪晴霧、還有刺腳的野薊、鐵絲、荊棘、燧石與稜岩——有誰敢奢望一條狗兒能戰勝得了這一切？

然而，若是奇蹟出現——喬伊・卡瑞克勞夫心裏一心想要相信真有那樣的奇蹟——那麼有一天，他的狗兒就會神奇、不可思議地回到這裏；回到這裏，守在校門口等待。每天他一出校門，兩眼必定會往昔日萊西天天等候他的地方轉。每天那兒總是空無一物，於是喬伊・卡瑞克勞夫便悶不吭聲、像村人們一樣憂愁不形於色地慢吞吞走回家去。

每天放學時，喬伊總要盡力做好心理準備——告訴自己千萬別灰心，因爲校門口可能見不到他的狗。就這樣，經過漫長的好幾週後，喬伊開始勸導自己不要相信那些不可能的事。他已經在絕望中抱持希望太久，如今希望開始破滅了。

但人類心中的希望會破滅，動物心中的希望卻不會。只要牠還活著，希望就存在，信心就存在。因此，當那天走出校園時，喬伊・卡瑞克勞夫簡直不敢相信他的眼睛。他甩甩頭，用力眨眨眼，又握著拳頭揉眼睛——因爲他以爲自己是在做夢。啊，正從最後幾碼外朝校門口走來的是——是他的狗！

他呆站在那兒；因爲那狗兒迎面走來的樣子好嚇人——牠走路的模樣好像就快懨懨一息了。牠的頭和尾巴幾乎快垂到人行道上，每走一步都吃力得像全身骨頭就要散開。說這是走路，倒不如說是在爬。但牠畢竟還是一步一步向前移動了。最後，牠終於來到牠的老地盤，動也不動地趴在地上。

這時喬伊猛然回過神來。即使這是個夢，他也必須做點什麼。即使在夢中也要勉力一試。

他衝過大門、跪在地上，然後——當他的雙手碰到、摸到牠的毛，他知道那是真實的。他的狗來接他了！

但這是多麼悽慘的一條狗啊——再也不是三色長毛閃閃發亮、覆著完美黑面具的傲人瘦臉上方興奮豎著雙耳的冠軍狗。牠明亮的雙眼不再是聰慧機警、跳起來會興奮吠一聲打招呼的狗兒。而是躺在地上，虛弱地想抬起再也抬不動的頭，尾巴沾著荊棘、細石、被劃得傷痕累累，除了虛弱、興奮地低嗥一聲外什麼也無法做到的可憐狗。牠知道內心那股驚人的衝動終於得到平息；牠已回到家鄉；牠實踐了終身的盟約，而此刻撫著牠的正是那雙已經好久沒有撫摸牠的手。

職業介紹所旁，艾安・考伯和其他失業的礦工們站在那兒等待吃飯時間，因爲那時他們就可以回到自己的小屋了。

人群中誰都可以一眼認出艾安，因爲在眾多土生土長的高大約克郡漢之中，他是最高大的一個。事實上，他素有全約克郡三大行政區內最高大強壯男子的美名；一個塊頭高大，卻又個性溫和，思考、言語常較別人遲鈍的男子。

也因此，艾安比別人慢幾秒鐘才發現村子裏出了一件緊急事件。後來他看見了——有個男孩連走帶跑、吃力地沿著大馬路前進。他的手裏抱著一大團東西，興奮地扯開他的嗓門。介紹所旁的人群起了騷動，個個往前靠。後來男孩走近了，他們聽到他在大叫：

「牠回來啦！牠回來啦！」

人們交頭接耳、四目相顧，然後齊齊盯著男孩手中抱著的東西。是真的！山姆・卡瑞克勞夫的卡利犬一路從蘇格蘭走回來啦！

「我必須送牠回家。快！」男孩一面說，一面搖搖晃晃向前走。

艾安・古伯跨步上前，說：

「喂，快跑在前頭，告訴他們準備準備！」

然後用他粗壯的雙臂——足以抱起有這憔悴、可憐的家畜十倍重東西的雙臂——緊緊抱住那狗兒。

「噢，快啊，艾安！」男孩興奮得手舞足蹈。

「我會儘快，孩子。快先回去。」

於是喬伊・卡瑞克勞夫奔過大街，轉上小道，衝下園中小徑直奔小屋裏：

「媽！爸！」

「怎麼回事啊，孩子？」

喬伊煞住腳步，嘴裏說不出話來——他的喉頭又熱又悶，興奮得哽咽住了，停了一會兒才說出：

「萊西！牠回來了！萊西回來了！」

他大開屋門，艾安・考柏拉著脖子打門楣下走過，把狗兒抱到壁爐前放下。

那一晚留下許多令喬伊・卡瑞克勞夫終身難忘的事。他永遠忘不了父親蹲跪在那曾經跟著他多年的狗兒身旁、雙手拂過牠憔悴身軀上時臉上流露的神情。他也記得母親匆匆忙忙在廚房中穿梭，既不嘀咕、也不數落，急著煽火、泡熱牛奶，然後跪在狗兒身邊扶起牠的頭、扳開牠的嘴巴的情況。

他的雙親彷彿壓根兒忘了有他這個兒子存在，一句話也沒對他說，反而全神貫注地忙著那狗兒，幾乎把他隔離在他們的世界外。

喬伊看見父親一湯匙、一湯匙將熱牛奶餵入狗兒的嘴裏，也看見牛奶又從狗兒無力吞嚥的口中溢出、滴落地毯上。他看見母親烘熱一張毯子，用它裹好狗兒的身軀，又看見他倆一遍又一遍嘗試餵牠吃點東西。他看見父親終於站起來，對他母親說：

「沒有用的，女孩。」

他的父親和母親用眼神相互傳遞許許多多未訴諸於言語的回答。

「是肺炎。」最後他的父親說：「現在牠沒有足夠的體力……」

他倆六神無主地站在那兒。不久，他那生性似乎堅強得異於常人的母親開口表示：

「我不會認輸的！我絕不會認輸的！」

她緊抿著嘴，彷彿僅憑這扭曲的面孔已足以解決什麼重要大事，走到壁爐架前取下一個瓶子，把它倒過來搖一搖，幾枚銅板隨即掉到她手上。她把錢遞給丈夫，既沒解釋、也沒必要解釋那是要做什麼用的；不過，丈夫卻只是盯著銅板沒伸手去接。

「去吧，男孩，」她說：「我存這錢就是以備不時之需的，嗯。」

「但我們要如何……」

「噓！」婦人說著，兩眼朝兒子瞟了瞟，喬伊知道這是一個小時以來，他們首次想起有他這兒子存在。

父親看看他、看看妻子手中的錢、最後看看那狗兒，突然伸手將錢拿走，然後戴上帽子，匆匆忙忙出門投入夜色中，等他回來時，手上帶了兩包東西——一包雞蛋，還有一小瓶白蘭地。在這家庭中，那是相當貴重、罕見的東西。

喬伊看見父母把蛋和酒打在一起，然後父親一遍又一遍試著用湯匙舀一點送進狗兒嘴巴裏。這時母親火大了，生氣地自丈夫手中奪走湯匙，將狗兒的頭抱在腿上，抬起牠的下巴將蛋汁倒進牠嘴裏，然後順著狗兒的喉嚨輕輕摸著一遍又一遍，直到牠把蛋汁吞下去。

「啊——」

父親喜形於色地發出長長的低呼。母親搖著身子、抱著狗兒的頭，嘴裏不停地輕柔地說著慈愛話語，用手輕輕順著牠的喉嚨撫摸——一遍又一遍。爐中的火光映在母親的髮上，閃爍著金黃的光芒。

喬伊事後無法清楚記起當時的情景，只記得不知在半夜幾點鐘，隱隱約約意識到自己被抱回床。等他早晨起床時，父親正坐在自己椅子上，母親卻還坐在地毯上，爐中的火也還在暖暖地燒著，而狗兒身上則緊緊裹著幾張毯子，動也不動地躺在爐前。

「牠是不是——死了？」喬伊問。

母親虛弱地微笑。

「噓，」她說：「牠只不過是在睡覺。我想我該去做早餐了——可是我全身都沒力氣——要是不先喝杯濃茶……」

於是那個早晨，百年難得一見地，竟是由他的父親動手做早餐：燒水、煮茶兼切麵包。而坐在搖椅中等著一切準備好再上桌的卻是他的母親。

傍晚，喬伊放學回家後，萊西還是躺在原來的地方。他真想扶牠坐起來、並且抱抱牠，不過他也知道，生病中的狗兒最好是別去打擾。一整個晚上他坐在那兒，看著四肢伸展、唯有微弱呼吸顯示生命跡象的萊西。他不想上床睡覺。

「現在牠已經沒事了，」母親嚷著：「去睡——牠會復原的。」

「媽，您確定牠會好起來嗎？」

「你自己可以看得出來，不是嗎?牠看起來沒惡化，是不是？」

「但您真的確定牠會好起來嗎？」

婦人歎口氣：

「當然——我確定——快上床去睡覺。」

喬伊帶著對父母的信心上床去了。

這只是其中一天。接下來還有許多令他永難忘懷的日子。有一天喬伊回到家中，當他走向壁爐時，地毯上出現一點動靜——狗兒試著想對他搖搖尾巴。

又有一天，喬伊的媽媽開心地低呼；因爲正當她準備牛奶時，那狗兒全身扭動、搖搖擺擺站立起來等著。而等她把那碗牛奶放在牠面前後，牠兩條瘦巴巴的後腿肌肉觳觫著，低下頭舔起牛奶來。

終於有一天喬伊首次瞭解到——即使是現在——他的狗也不能再歸他所有。於是小屋中再度揚起哭鬧和抗議，而母親也再度扯起高亢而倦乏的大嗓門：

「難道我的家裏再也沒有平靜安寧的日子了嗎？」

喬伊上床之後好久，還聽到樓下的話聲依然持續著——母親的聲音由清晰而高揚、而低落；父親的語氣則始終平穩、反覆、單調，每段話說到最後總是一句：

「但縱然他肯將牠賣回給我們，我們又要去哪兒湊錢——錢從哪裏來呢？妳明知我們無法得到牠。」

對山姆•卡瑞克勞夫而言，生活盡是一條一條直條條的原則。當一個人能工作時，他就要盡全力工作、賺他所能賺到最多的薪資。若是他要養條狗，就要養他所養得起最好的狗。若是他有妻子小孩，就要盡其所能地照料好他們。

在這失業煤礦工的心中，關於生活和它的規範既無法推脫逃避、也無拐彎抹角的例外。就像所有單純的人們一樣，他把所有的事情看得一就是一、二就是二。說謊、欺矇、偷竊——這全是錯的，不能因爲在心裏編造各種理由自圓其說就變對。

因此當他面對任何問題的時候，就會祭出這張大纛來對抗一樁樁的事實。他總是說：

「誠實就是誠實，絕無第二條路可走。」

他也習慣於把這句箴言轉換成：「事實就是事實」，或者「欺騙就是欺騙」。

而萊西事件最後還是被套上這個簡單而直接的道德規範；他已經賣了狗、收了錢，並且把錢花掉，因此，這條狗再也不屬於他無論如何爭辯也無法改變的事實。

但男人終究也必須和他的家人共同生活。因此當家中婦人開始和男人爭辯時……唔……

第二天，喬伊下樓早餐時，母親正抿著嘴端出燕麥粥，而父親則輕咳兩聲，開口說出一段彷彿從某篇演講節錄下來、昨夜已經默誦無數次的話——

「喬伊，孩子。我們已經決定——我是說，你媽和我——萊西復原以前可以先住下來。這毫無問題，因爲在我心中深深相信沒人比我們更懂得照顧牠、看護牠。因此這是正直行爲。不過等她康復之後，呃……總之，你還可以擁有牠一陣子，所以你也該滿足啦。孩子，千萬別來煩我。現在我們已經有夠多的事要傷神了，所以千萬別再折騰我——還有，試著成熟面對這件事——要知足。」

在孩子心中，所謂「一陣子」有兩種形式。從某種角度看，它是一種時間的大幅伸展，延伸至無限期的未來。另一種則是在現實逼臨前，被無情地匆遽斬斷的一段時間。

那天早晨，當喬伊上學途中、聽到一個震耳欲聾的喊聲時，他知道這個「一陣子」是屬於後者。他回過頭，看見一部載著位令人望而生畏的老先生，以及一名紮辮子、戴軟帽女孩的汽車。那老先生蓄著一把兇猛如動物畸型呲牙的白鬍子，正不顧車子、司機還有全世界安危似的猛力揮動那根醜陋的刺李手杖，並對他大吼：

「喂！喂，站住！對，我說的就是你，孩子！該死，簡金斯，你難道不能讓這其臭無比的機器停一停？喂，停車啊，簡金斯！真搞不懂我們是不是全瘋了，否則怎麼會想到不再使用馬車。這個社會完蛋啦，完蛋啦！喂，孩子！過來！」

喬伊最先想到的念頭就是跑——只要能不看到這些讓他害怕的東西，做什麼都行，這樣，它們說不定也能奇蹟似地不再盤據他的心。但話說回來，一部汽車勢必跑得比男孩快。更何況，喬伊體內流的是男子漢大丈夫的血液，他們這樣的人或許思想遲鈍、固守老觀念、堅毅地承擔苦難——但他們絕不逃跑。於是他堅定地站在人行道上，同時想起母親教過的禮節：

「是的，先生？」

「你是那個叫什麼來著的男孩，對嗎？」

喬伊的視線已經轉向那女孩。她就是那名好久以前，當他將萊西安置在公爵家狗舍內時見過的女孩。她的臉色不像公爵那樣滿面通紅，還是白裏透著青紫，緊抓車邊的手背上明顯浮著青筋。那手看起來很瘦。他心想，正如媽媽常形容人的，她大概是個葡萄乾布丁。

那女孩也正注視著他。不知是什麼因素促使這男孩傲然走上前來，毅然表明：

「家父是山姆‧卡瑞克勞夫。」

「我知道，我知道。」老人急躁地吼著：「我從來不會忘記任何名字。從前我認得全村子裏的每一個。現在太多人成長了——你們這些後生晚輩。老天，把這些人全加起來也比不上老輩一個——全加起來也比不上。現代人哪，哎……」

他住了口；因爲身旁的女孩正扯著他的衣袖。

「怎麼回事？嗯？噢，對啦。我不知不覺就扯遠啦。孩子，你父親人呢？在家嗎？」

「不在，先生。」

「他在哪裏？」

「他到艾勒比去了，先生。」

「艾勒比！他去那兒做什麼？」

「大概是那邊礦坑有人替他說好話，他過去看看有沒有機會被僱用吧。」

「噢，對——對，當然。他什麼時候回來呢？」

「我不知道，先生。應該是晚餐時間前後吧。」

「別語焉不詳的！要到晚餐時間。該死，真不方便——非常不方便！好吧，那麼在五點左右，你轉告他留在家裏，我要去見他——很重要。記得要他等著。」

然後車子開走了，喬伊匆忙趕到學校。那個早上是他有始以來覺得最漫長的早晨。在單調乏味的課堂中，牆上的時鐘像蝸牛一樣慢吞吞地爬。

喬伊心中只有一個渴望——馬上變成中午。好不容易度日如年的時刻終於過去了，他飛奔回家、撞門而入，大叫：

「媽！媽！」

「天哪，別把門撞倒啦。把門關上——讓人見了還以爲你是馬房裏養大的呢。什麼事這麼急？」

「媽，他要來把萊西搶走了！」

「誰？」

「公爵……他要來……」

「公爵？他怎麼會知道……」

「我不曉得。可是今天早上他把我叫住。他晚餐時要來……」

「來這裏？你確定？」

「嗯；他說他會在晚餐時來。噢，媽媽，求求您……」

「喂，喬伊，別鬧！我警告你！」

「媽，您一定要聽。求求您！求求您！」

「你聽到沒？我說……」

「不，媽，求您幫幫我。求求您！」

婦人瞅著她的兒子，又氣又疲憊地歎口氣，心灰意懶不想再管，頹然坐在椅上盯著地板。

男孩走到她身邊，碰碰她的手臂：

「媽——想想辦法嘛！」男孩哀求：「我們能不能把牠藏起來？他五點要來。他要我告訴爸爸五點鐘留在家裏。噢，媽媽……」

「不行，喬伊。你爸爸不會……」

「您求求他好嗎？拜託，拜託嘛！求求爸……」

「喬伊！」媽媽怒吼一聲，隨即又耐著性子說：「唉，喬伊，沒用的。別再白費工夫了。反正你父親絕不肯撒謊；我太清楚了。是好是歹，總歸他是絕不會說謊的。」

「但只是這一次嘛，媽。」

婦人黯然搖頭，坐在火爐邊望著爐火，彷彿要在火光中求得平靜。喬伊又像先前一樣走過去扯扯她的小臂：

「拜託嘛，媽；求求他。只要這一次就好。只撒一次謊不會損害他什麼的，我會報答他的。我會；我真的會！」

男孩愈講愈急：

「我會報答你們倆的。等我長大，我會找個工作。我會賺錢。我會買東西給他──我也會買東西給您。您們要什麼我就買什麼，只求求您，求求您……」

這時，心急如焚的喬伊首次變成一個小娃兒。他的剛強不見了，淚水哽咽了他的聲音。媽媽聽到他在啜泣，輕輕拍著他的手，卻不看他一眼。她似乎在爐火的魔力中體會出深沈的智慧，緩緩說道：

「你不能這樣，喬伊。」她的語氣輕柔。「你不能像那樣渴求什麼。你必須學會在這一生中不要像渴求萊西那樣，非要苦苦得到什麼。這樣不行的。」

「您不懂。媽，您不懂。不是我要牠，而是牠要我們──強烈地想要我們。所以牠才會千哩迢迢跋涉回家。牠要我們；強烈地想要我們。」

終於，卡瑞克勞夫太太扭頭注視著她兒子。她看到他愁眉不展，大把大把的淚水滾滾而落。還有，在那稚氣的一刻中，他彷彿一下子變得更成熟了。卡瑞克勞夫太太覺得時間似乎一跳而過，此刻她看著他，彷若睽違多年。

她切切凝視著爐火，兩手扭絞在一起，緊抿雙唇站起身來：

「來，喬伊，過來吃午飯，然後安心回學校去。我會和你父親談的。」

她仰起頭，語氣非常堅決。

「沒錯——我會和他談的，沒錯。我會和山姆・卡瑞克勞夫好好談一談。我一定會的！」

下午五點，魯德林公爵一貫暴躁地氣呼呼、嘀咕著從停在某座小屋庭院外的汽車上下來。院門後堅定地站著一個男孩，兩腿張開，彷彿在阻擋他的路。

「喂，喂，孩子！你告訴他沒？」

「走開，」男孩兇巴巴地說：「走開！你的狗不在這兒。」

這是魯德林公爵有史以來第一次腳步登、登倒退，錯愕地盯著那男孩：

「喂，我的媽呀，普莉希拉，」他驚呼：「這孩子腦筋有問題。他腦筋——有問題！」

「你的狗不在這兒。你走！」男孩剛強地嚷著，彷彿無論如何非得把他趕走不可似的。

「他在說什麼啊？」普莉希拉說。

「他說我的狗不在這兒。我的媽呀，普莉希拉，妳聾了不成？他們說我聾了，我都還聽得清清楚楚。喂，孩子，你說我的哪一條狗不在這兒啊？」

公爵說著，自己的語氣也轉變成約克郡人最普遍的土腔——這也是公爵家中許多成員對他深深不以爲然的一個習慣。

「快，快，孩子，快說啊？是哪條狗不在這兒？」

他一面說一面狂舞手杖進前。喬伊・卡瑞克勞夫雖然倒退幾步，卻仍擋在小徑上。

「沒有。」他斷然回答。

但公爵還是繼續向前走，喬伊慌了，絕望地喊著：

「我們沒看到牠。牠不在這兒。牠不可能在這兒。沒有一條狗辦得到的。沒有一條狗可能跑那麼遠的路回來。那不是萊西——那是——那只是一條長得很像萊西的狗。那不是萊西。」

「噢，天老爺！」公爵誇張地嚷著：「天哪。孩子，你的父親呢？」

喬伊拼命搖頭。但在他背後，小屋的大門已被母親推開。她說：

「如果你要找的是山姆・卡瑞克勞夫的話——他到工棚裏去啦，而且大半個下午都關在裏頭。」

「這孩子在說什麼——我有一條狗在這兒？」

「不，你聽錯了。」婦人斷然表示。

「聽錯了？」公爵咆哮。

「正是。他沒說你有一條狗在這裏。他說的是牠不在這裏。」

「活見鬼。」公爵氣得口沫橫飛：「不要故意扭曲我的話。」

然後他瞇著眼，跨前一步。

「好，既然他說的是我的一條狗不在這兒，那麼我倒要請妳告訴我，究竟是我的哪一條狗不在這兒呢？喂，」他沾沾自喜地催促：「快，快！回答我！」

兩眼注視著母親的喬伊看見她喉頭嚥了嚥、緊抿雙唇東張西望，像是在求救一樣。公爵橫眉豎目等著聽她回答。這時，卡瑞克勞夫太太深深吸口氣準備開口，不過，不管她的答案是真話或謊言，都沒有機會說出口了。因為他們都聽到某扇門口傳來鐵鍊軋啦聲，而後是山姆・卡瑞克勞夫清清楚楚的回答：

「聽著，我發誓，這是我們家裏唯一的一條狗。告訴我，牠看起來像是任何一條屬於你的狗嗎？」

喬伊張嘴準備大叫抗議，但當他視線落到父親腳邊的狗兒身上時，叫聲卻突然終止了，反而驚愕萬分地盯著那狗兒看。

他看見他的父親——山姆・卡瑞克勞夫腳邊坐著一條少有人見過——或者該說沒幾個人會盼望一見的狗兒。那條狗像所有受過精心調教的狗兒一樣，耐心地坐在他左腿跟旁——就像萊西一樣，只是這條狗——若是把牠和萊西聯想在一起，那簡直是太荒謬。

因為萊西的頭長得又瘦又細緻，而這狗的頭型卻是胖而不雅觀。萊西的雙耳總是優雅勻稱地雙雙豎起，這條狗卻是一耳往前倒，一耳又向狼狗般尖尖高豎。若是卡利犬長成這樣子，他的狗主不打冷顫才怪。

除此之外，在萊西長毛漸漸淡化成高雅亮褐色的部位，這條奇怪的狗兒長的是醜陋的斑狀黑毛；萊西的前胸是賁張膨鬆的白毛，而這條狗的前胸則像塗滿了褪著的爛泥。萊西四隻腳掌都是白的，這條狗只有一隻是白色，兩隻是髒土色，還有一隻半黑不黑的。萊西的尾巴總是優雅地在身後拂動，而這條狗尾巴卻像拖著什麼東西一樣垂著。

不過等喬伊‧卡瑞克勞夫仔細看看父親身旁這條狗後，他立刻想通了。他知道狗販總是能憑著熟練的技巧把一條狗的缺點整飾得看起來像是優點——特別是動手的是他的父親——全約克郡三大行政區內最著名的愛狗人。

在這同時，他也明白父親的話意了。因爲做狗交易就像馬交易一樣，往往口頭說過的話就等於是有效契約，因此一個真正的狗專家只要話一出口就絕不會再反悔。

而眼前他的父親正是想藉由這費時費力的工程，光明正大地闖過這一關。他並沒有撒謊，也沒有否認任何事。他只是提出一個問題：

「告訴我，這條狗看起來像任何一條屬於你的狗嗎？」

而只要公爵說一句：

「噢，那才不是我的狗。」那麼從此以後，牠就永遠不屬於他了。

因此，男孩、父親和母親都定定地注視著那老先生，屏著氣看他繼續打量那條狗。

但魯德林公爵懂的事也很多——很多很多。他並沒有立即開口回答，反而拄著拐杖，一步一步慢慢朝前走去，兩眼連一秒鐘也沒離開那條狗。他緩緩地，像身在夢境般，屈膝蹲下，溫和地用手抬起那狗的一隻前腳，並輕輕將它翻轉過來。就這樣，他蹲在狗兒身旁，用不亞於任何約克郡人的專家眼光仔細檢查那隻狗。他並沒有浪費時間去看那些什麼前傾的耳朵、土斑似的毛色或者粗俗的頭臉，而是專注檢視那隻腳掌的掌肉，看到那只是五塊被刺棘、利石刺得傷痕累累，尚未完全痊癒的黑趾肉。

然後公爵仰起頭，卻沒立刻站起來，在眾人等待中對空凝望良久。不等他站起來，他開了口——不再使用濃濃約克郡土腔，而是以一名紳士對另一名紳士說話的口吻表示：

「山姆・卡瑞克勞夫，這絕不是我的狗。我以我的人格和名譽起誓，牠從未屬於我。不！牠連一秒鐘也不曾屬於我過！」

然後他轉身走下小徑，拄著拐杖重重頓地，喃喃說道：「天哪！我不敢相信！天哪！四百哩吶！我不敢相信。」

走到大門口邊，他的孫女扯扯衣袖。

「您是來做什麼的，」她附耳低語：「還記得嗎？」

公爵恍如大夢初醒，猛然恢復他那暴躁的態度說：

「別輕聲細語！有什麼事？噢，對了，當然。妳用不著告訴我——我沒忘。」

他轉回頭，故作兇惡語氣：

「卡瑞克勞夫！卡瑞克勞夫！該死，你在哪裏？你躲起來幹麼？」

「我還在這兒呢，先生。」

「哦，對，對；當然。你在那兒；你在工作嘛！」

「嗯，欸——工作。」喬伊的父親期期艾艾。

「是啊，工作——工作！一份工作！你有工作嗎？」公爵冷哼。

「嗯，呃——是這樣的……」

就在他苦苦思索如何回答之間，他的妻子——全約克郡所有好主婦中最出色的一個——即使全世上也少有人能比的一個——適時替他解危。

「我的山姆並不是真正在職，不過他有三、四個機會在考慮中；也可以說是正在研究。不過——他還沒有明確地答應或拒絕其中任何一個。」

「那麼他最好去回拒，而且要快；」公爵急促地說：「因爲我的狗舍正缺人管。而我認爲卡瑞克勞夫……」他瞟了瞟仍舊坐在對方腳邊的狗：「……我認爲你一定非常——非常懂狗。所以……就這麼敲定嘍。」

「不，慢著，」卡瑞克勞夫說：「您知道，我不想在替人惹來一大堆麻煩之後還去取代他的工作。您是知道的，海恩斯先生他……」

「海恩斯！」公爵嗤之以鼻。「海恩斯？簡直一無是處。我不得不解僱他。對狗根本是一竅不通。早該知道以約克郡人的標準，根本沒有一個倫敦客能管理得了一座狗舍。聽著，我要你來接這份工作。」

「不，還有別的問題呢。」卡瑞克勞夫太太抗議。

「又有什麼問題？」

「呃，這個工作酬勞多少？」

公爵喉嚨抿抿咕嚕一聲：

「你說要多少，卡瑞克勞夫？」

「週薪七磅，一分也不能少。」山姆還來不及開口，妻子先攔嘴說。

但公爵可也是約克郡人。也就是說在牽涉到錢的問題時，他若錯失一個所謂「現實」的機會，過後一定會暗暗自責。

「五磅，」他大吼：「一分也不能多。」

「六磅，十先令。」卡瑞克勞夫太太討價還價。

「六磅整。」公爵審慎提議。

「成！」卡瑞克勞夫太太當機立斷。

他倆都面露得色，很高興自己佔了便宜。卡瑞克勞夫太太原先打算只要週薪有三磅就肯答應──至於公爵則認爲他替自己的狗舍找到一名「物超所值」的人才。

「那麼就此說定。」

「嗯，就差一點了。」婦人說：「依我認爲，當然啦……依我認爲，那就表示我們應該也能在府邸中分配到一間宿舍。」

「妳是個交涉高手，太太。」公爵面露不豫之色。「不過我答應──只有一個條件。」他扯著嗓門大吼：「條件是，只要你們住在我土地上的一天，就不允許那條以卡利犬標準而言丟盡顏面、塌耳肥頭、尾巴下垂的狗出現在我府中。好啦，妳怎麼說？」

看著山姆•卡瑞克勞夫茫然不知所措地抵下頭去，他快活地暗暗竊笑，等在一旁的男孩卻欣然回答：「噢，不會的，先生。牠大部份時候都會到校門口等我。再說，反正只要一、兩天內我們就會把牠打扮起來，讓您再也認不出來了。」

「我絕對相信。」公爵舉步維艱地轉身回車，沿途喘著氣說：「我相信你們絕對辦得到，嗯……唔，我從沒……」

上了車後，女孩緊緊偎著老先生。

「喂，別扭來扭去，」他抗議：「我再也經不起任何扭扭擠擠了。」

「爺爺，」她說：「您真好心──我說的是關於他們那條狗的事。」

老先生乾咳兩聲、清清喉嚨。

「胡說。」他暴吼：「胡說。等妳長大就會知道，我正是那種人們口中形容的——鐵石心腸的約克郡現實主義者。五年來我一直發誓要得到那條狗，現在我得到啦。」

說著他緩緩搖頭：

「不過，爲了得到牠，我還得連那男人一塊兒收買。呵，算啦。也許這趟生意還挺划算。」

第二十二章　恍若重回往日時光

當喬伊・卡瑞克勞夫說一、兩天之後你將無法認出他的狗時，這話是對是錯，全憑你認爲他的狗是長什麼樣子而定。

當然啦，假使你認定那隻是他父親爲了——既要挽救愛子的狗兒，又不願違背自己嚴格的誠實原則而費心改造出來的——那塌耳朵、垂尾巴的醜東西是他的狗，那麼你絕對再也認不出牠來了。但假定你想找的是以「山姆・卡瑞克勞家的萊西」名聞遐邇那條神氣優雅、臉型瘦長的卡利犬，那麼你必定能一眼認出牠來。

經過數週以來的細心照料和正確醫療，萊西又慢慢恢復神采飛揚的舊觀。支離的病體和皺縮的肌肉已經不見蹤跡，多年妥善培育出來的強壯體格如今也更加有力。一身濃密的黑、白、金褐長毛再度膨鬆光澤，人人看了都會眼神一亮。唯一留下的痕跡是曾被子彈擦過的大腿肉，如今走起路來還是會微跛。那一帶的肌肉早已僵硬了，儘管山姆・卡瑞克勞夫用盡他的秘方和技巧，終究無法讓它完全復原。

不過他對那傷痕處理得很好，又用心為牠按摩、揉搓肌肉，因此除非是非常老練的狗專家，否則誰也看不出那狗走過去腳有一點點「偏」。在人人眼中，牠仍是最漂亮的東西——一隻十全十美的卡利犬。

除了週末假日，每天四點以前幾分鐘，格林諾橋的店員們又會向外望，看到一條神氣的狗兒走下街道，說：「你可以靠著牠來調整你的時鐘。」而每次總在不久之後，喬伊・卡瑞克勞夫就會奔出校門和他的狗兒打聲招呼，然後快快樂樂相偕回家去。

然而，當喬伊・卡瑞克勞夫向公爵保證那狗會天天去等候他時，他也錯了。因為終於有一天，萊西不再出現校門口。然而，真是奇怪，喬伊竟然似乎毫不在意，反而像藏著某種秘密的喜悅似的，每天歡天喜地獨自回家。

就在有一天，他獨自吹著口哨沿著公爵府苑的圓石小徑行走時，他又見到那女孩了。

喬伊不知為什麼有點為她難過。她看起來不像一般村裏的女孩那樣健康、豐滿、結實。

「哈囉！」他打聲招呼。

「哈囉！」她回應。

他倆之間似乎沒別的話可說，但他卻站在那兒沒走。

「我剛離校。」女孩說。

「真的？」

「真的；不過那是因爲現在放假。」

男孩慎重思索起來。他說：

「我們除了週休外沒有別的假期。」

然後兩人又都安靜下來。一會兒她說：

「萊西好嗎？」

喬伊露出了熱情的笑容。他東張西望，彷彿要確定沒人偷聽，然後像賜予對方莫大榮寵似的說：

「妳可以過來看看。」

於是他領著她走下通往宿舍的小徑；在他們一家的小屋旁，有株花色鮮艷的高大蜀葵生長在白牆邊。他打開門：

「媽，我要帶她來看。」

「啊，快請進，小姐。」他母親說著趕緊扯扯圍裙，又將早已一塵不染的桌面再擦一遍，端出熱茶、點心來。

喬伊領著女孩來到涼爽的儲藏室；在這房間的昏暗角落裏有個大矮箱。萊西趴在大箱中，身邊、腿上趤著七團圓滾滾的小毛球。

「喏，」喬伊得意地解釋：「由於牠在狗舍裏會焦躁不安，所以我們把牠養在這兒。那是因爲萊西是家犬；百分之百的。」

女孩彎下腰來，伸出食指摸摸其中一團毛球，那小傢伙像喝醉酒似的打了個飽嗝，逗得他倆開懷大笑。女孩問：

「牠們還看不見嗎？」

喬伊詳盡說明：

「當然不是。唔，牠們出生十天就張開眼睛，現在都已經三個多星期大了呢。牠們能跑——只不過我覺得大部分時間，牠們好像只愛睡覺。」

這時萊西抬起來，喬伊微笑著輕輕摸牠。

「你很瞭解牠們，是嗎？」女孩十分謙虛地問。

「哦，牠以前生產過一次，」喬伊解釋：「我都是從那次記下來的。這就像往日——對不對啊，萊西？」

他彎下腰去注視著他的狗兒。真的像往日一樣；近來他常想到這些。

在女孩離開、大家客氣地道別、對方保證一定再來看小狗之後，喬伊還在想著那問題，彷彿這個小男孩就要去探索某個從未細想過的生活軌跡一般。

這就像往日一樣。雖然，當然啦，現在他們住的已經是不同的房子，但如今生活又像一年多以前一樣——在許多方面都是。

比方說，要是早晨他多舀了一大匙的糖在自己的碗裏，媽媽絕不會再噼哩啪啦阻止：

「喂，小心點，年輕人！糖要錢買呀！」

或者，他若是擺出十足約克郡神氣大吹他有多餓有多餓，媽媽臉上也不會再露出一副莫名其妙的驚慌神情，反而會開心得笑的上氣不接下氣，說：

「我的天哪，我簡直不知道要怎樣才能餵飽你！你把那些飯菜全裝哪裏去了？」

但她說這話時，口氣卻總是好像深深以她的大胃王兒子爲傲；而這，也像舊時光。

當他回來，大人們再也不會突然停止交談。晚上上床後，也不會再聽到持續不斷、高高低低的疲憊爭吵聲。而每天爸爸回家後，也不再一語不發、陰鬱、疲憊地坐在火爐旁對著火光凝望。相反的，他的腳步會在屋外的圓石地踩出活潑的節奏，而母親也會急匆匆跳起來大叫：

「當心！你爸回來啦！閃一閃——熱湯熱菜來嘍！」

然後她會從爐邊跑到餐桌旁，匆忙將爐上熱騰騰冒著蒸氣的湯、菜端到桌上，彷彿全天下最重要的事，就是在他的腳步聲傳來、到開門之間這短短的時空內把所有食物擺設好。

而後她會手扠著腰站在一旁，說：

「快去洗把臉、山姆！晚餐吃羊頭燉麵糊——它們可是不等人的！」

她那作風也——像往日又重現！而他的父親也會坐在桌邊低頭吃飯，然後抬起頭問：

「咦，我們的喬伊今天好嗎？你在學校有沒有好好上課？」

從前家裏也曾如此開朗和樂，後來一切都停止了。如今家中又像往日一般。原因呢？

當晚吃飯時，他一直苦思不得其解。吃完飯後，萊西大步走進來趴在地毯上，喬伊坐在牠身邊輕輕撫摸。這時他覺得自己已經找到答案了。

是萊西！當然——一定是牠！過去牠在家時，一切都很好，等牠被賣掉帶走後，事事都變得不對勁了。如今牠回到家中，家裏又是事事順利，大家都非常快樂。

「牠回到家中，把幸運帶給大家；」他想著：「是牠。牠回到家中，把幸運帶給大家。」

他對著萊西輕哼，把頭偎在牠的頸毛上，萊西也滿足地低聲咿唔。

這時媽媽開口了：

「喂，喬伊，你可別和那狗在地毯亂躺，掉得到處都是毛。還有，你今晚怎麼這樣安靜？」

喬伊暗自微笑，兀自對狗輕哼。

「妳是一隻歸鄉犬，對不對，萊西？」他輕輕哼著：「啊，沒錯，而且妳帶給我們幸運。因爲妳是位歸客；妳是我的歸鄉少女，是我的萊西。靈犬萊西；那就是妳的名號！靈犬萊西！」

這時母親再度大吼：「喬伊‧卡瑞克勞夫，你究竟聽到沒？準會害牠累慘的——何況牠還有一窩子小狗要照顧呢。這你應該最清楚了！」

喬伊退離壁爐一小步，輕輕摸著怡然自得的萊西，一臉嚴肅地仰起頭：

「哎，爸爸，」他說：「我都摸得到牠的肋骨了。」

他父親把椅子轉向壁爐，悠哉遊哉地伸長雙腿，然後開始點菸微笑。

「您不覺得牠有點憔悴嗎，爸爸？」喬伊接著焦急地說：「我認爲牠應該可以多吃一點肉，少喝一點牛奶了！」

「啊，你認爲——是嗎？」媽媽一邊疊好清洗中的碗盤，一邊嘮叨著：「是這樣嗎？你覺得牠已經能多吃一點肉了。哎，算了，要是你不自認爲自己對養狗比對如何用棍棒打破雞蛋還在行，你也就不算卡瑞克勞夫家人——甚或不算約克郡人啦！」

「唉——有時候我真覺得這個村子的某些人對他們狗兒的體力、健康比對自己的身體還關心。狗、狗、狗——等這一窩子小狗長大了，看牠該屬於哪兒就送哪兒去，同時，以後我的家裏再也不養狗了……」

這時喬伊仰頭望著正用眼角餘光注視他的父親。父親舉起手來，動作十分滑稽地將食指壓在鼻子旁。

這只有他們父子倆能意會的秘密動作代表某個意義。它意味著：

「喬伊，不要太在意婦道人家的嘮叨。她們整天待在家裏洗洗刷刷、燒飯打掃，實在太辛苦啦，所以她們才藉由責罵來發洩，因此，我們必須任由她們數落個夠以便舒緩情緒。但我們都曉得那只是無心之言；我們男人瞭解——男人瞭解！」

父親微微一笑，喬伊也咧開了嘴。但關於這男人理應任由婦人繼續數落的新觀念也未免太滑稽了，喬伊忍不住笑出聲來，而且越笑越大聲，終至惹得母親轉過身來：

「哎，你在取笑我；在取笑我！好，我要教訓你！我要好好揍你一頓！」

母親說著，巧妙地用洗碗巾輕輕抽他，喬伊閃躲得在地毯上打了個滾。

「我不是在笑您啊，媽！」

「哦？那麼你是在笑誰？」

「笑爸爸——他扮了個鬼臉呢！」

卡瑞克勞夫太太轉向她丈夫：

「嗯？這麼說是你笑我?!好，我連你一塊兒打！」

可是她才跨前半步，喬伊就看見父親伸出強壯的臂膀，一手箍住她光潔的雙腕，一手攬住她的粗腰，於是卡瑞克勞夫太太整個人被他擐得緊緊的。這時，父親又微笑著低頭對喬伊說：

「喬伊，看著她。誰是全村子裏最漂亮的女人啊？」

「媽媽！」喬伊毫不猶豫地大聲說出肺腑之言。

卡瑞克勞夫太太登時露出一臉燦笑。

「你們倆，」她說：「呀，你們倆一搭一唱；你們是在諂媚我哪。」

「不，這孩子是在老實地回答一個老實的問題。再說——妳不但美麗——而且，妳身上有好多好多東西！」

「哦，那麼你是認爲我胖嘍。喂，放開我，山姆·卡瑞克勞夫！我得去擦完剩下的碗盤哪。」

但父親卻不肯放開他母親，於是她開始動手亂打他的臉，而他則低下頭去以便保護口中的菸，兩人都放聲大笑起來。

那也正如好久好久以前的情景一樣——他的雙親快樂美滿。

喬伊低頭望著狗兒，暫時忘記他們的存在，輕輕哼著：

「妳是我的歸鄉少女！妳是我的靈犬萊西！」

風雲動物文學

靈犬萊西

作者 艾瑞克・奈特

譯者 楊玉娘

出版者 風雲時代出版股份有限公司
出版所 風雲時代出版股份有限公司
地址 105台北市民生東路五段一七八號七樓之二
網址 http://www.books.com.tw
電子信箱 h7560949@ms15.hinet.net
服務專線 （○二）二七五六—○九四九
傳真 （○二）二七六五—三七九九
郵撥帳號 一二○四三二九一

執行主編 朱墨菲
封面設計 蕭麗恩

法律顧問 永然法律事務所 李永然律師
　　　　 北辰著作權事務所 蕭雄淋律師

版權授權 林郁工作室

出版日期 二○○八年一月初版

定價 新台幣一九九元

總經銷 成信文化事業股份有限公司
地址 台北縣新店市中正路四維巷二弄二號四樓
電話 （○二）二二一九—二○八○

行政院新聞局局版台業字第三五九五號
營利事業統一編號二二七五九九三五

國家圖書館出版品預行編目資料

靈犬萊西／艾瑞克・奈特 著. -- 初版. -- 臺北市：
風雲時代, 2007.12
面；公分

ISBN 978-986-146-421-3 (平裝)

873.57　　　　96021820

Lassie Come-Home